四部要籍選刊・集部　蔣鵬翔 主編

元文類

七

〔元〕蘇天爵 編

浙江大學出版社

本册目録

卷四十一

雜著

經世大典序録二 ……一七六九
禮典 ……一七六九
政典 ……一七九五

卷四十二

雜著

經世大典序録三 ……一九二九
憲典 ……一九二九
工典 ……一九五二

卷四十三

雜著

四經序録　吴澂 ……一九六九
易 ……一九六九
書 ……一九七二
詩 ……一九七九
春秋 ……一九八二
三禮敘録　吴澂 ……一九八五
儀禮 ……一九八五
周官 ……一九九四
小戴記 ……一九九五
大戴記 ……一九九九

春秋諸國統紀序錄　齊履謙……二〇〇一

卷四十四

雜著

讀易私言　許衡……二〇二五
東西周辨　吳澂……二〇四八
改月數議　張敷言……二〇五五

元文類卷之四十一

元　趙郡蘇天爵伯脩父編次
太原王守誠君實父挍訂

雜著

禮典總序

於皇有元應天順人功成治定迺稽古經國施和萬民惟帝中興禮樂大備粲然成方垂則後世夫制禮自邇覃遠由親曁疏朝覲會同以正大位以統百官以馭天下錫賚燕饗以睦宗戚以親大臣以裸賔客

天下既定弗敢怠寧故行幸以時君臨萬邦在器輿名故通信以瑞節辨等以輿服定律作樂治歷明時何以守成求聞帝王之訓以崇德何以新民率循聖賢之學以設教勵學以經行而賓興其賢能廣聽於芻蕘以通徹其壅蔽討論潤色藝文修矣厚往薄來遠人柔矣天道弗遠示君以事故度德以應禎祥修已以弭灾變而人道備矣是以道合于天德洎乎地仁義孚于民然後可以享上帝事祖宗通乎上下之祀而無愧生榮死哀極乎幽明之變秘科內典悉其

祀禱之方而鬼神之情見矣考諸行事厥有成績作禮典上中下篇一曰朝會二曰燕饗三曰行幸四曰符寶五曰輿服六曰樂七曰曆八曰進講九曰御書十曰學校十有一曰藝文十有二曰貢舉十有三曰舉遺逸十有四曰求言十有五曰進書十有六曰遣使十有七曰朝貢十有八曰瑞異爲禮典上篇一曰郊祀二曰宗廟三曰社稷四曰岳鎮海瀆五曰三皇六曰先農七曰宣聖廟八曰諸神祀典九曰功臣祀廟十曰謚十有一曰賜碑十有二曰旌表爲禮典中

篇一曰釋二曰道爲禮典下篇蓋國家典禮朝會以
尊君治人之道也郊廟以禋祀事神之道也佛氏爲
教超乎神人之表所以輯福于國家民庶者也故各
爲一篇之首

朝會

國朝凡大朝會后妃宗王親戚大臣將帥百執事及
四方朝附者咸在朝會之信執禮之恭詔教之嚴詞
令之美車馬服用之别牲齊歌樂之辨寛而有制和
而有容貴有所尚賤無不逮固已極盛大於當時矣

世祖皇帝建國紀元始命議禮考文思兼古帝王之事粲然成一代典章以垂無窮焉

燕饗

國有朝會慶典宗王大臣來朝歲時行幸皆有燕饗之禮親疏定位貴賤殊列其禮樂之盛恩澤之普法令之嚴有以見祖宗之意深遠矣與燕之服衣冠同制謂之質孫必上賜而後服焉

行幸

皇朝建國之初四征不庭靡暇安處世祖皇帝定兩

都以受朝貢備萬乘以息勤勞次舍有恒處車廬有恒治春秋有恒時遊畋有度燕享有節有司以時供具而法寓焉此安不忘危貽子孫萬世之法者也故列聖至于今率修而行之

符寶

古者合信於天下皆用玉焉至秦得和氏璧刻爲皇帝璽後有天下者傳之爲寶或不得則倣而作之噫大命有德何有於秦璽哉我朝懲歷代之謬雖得秦刻及前世之器皆藏而弗用爰製大寶質兼金玉之

貴文列古今之宜以成一代之制度典瑞掌之爰述其目凡軍符驛券諸侯王百司印章附焉

輿服

聖朝輿服之制適宜便事及盡收四方諸國也聽因其俗之舊又擇其善者而通用之世祖皇帝立國建元有朝廷之盛百官之富宗廟之美考古昔之制而製服焉如冕舄之制祭祀則用之旂常之章朝會則用之至英宗皇帝始置鹵簿於是乎儀衛兼備矣

樂

樂也者聲文之著者也國家樂歌雄偉宏大足以見興王之盛焉郊社宗廟孔子之廟先農之壇用古樂朝會燕饗用讌樂於是古今之音備矣

歷

欽天授特帝典先焉我世祖皇帝混一區夏首徵名儒作授時歷爲仰儀簡儀及諸儀表創物之智有古人未及爲者於是測景之所東極句麗西至滇池南踰朱厓北盡鐵勒凡二十有七是亦古所未備者也其爲法多采唐一行之議主於隨時考驗以與天合

則無前代沿襲傳會之弊此亦古所未能用者也豈非眞元會合宇宙一初之徵歟昔在太宗皇帝特中書耶律楚材嘗爲庚午元歷足以見國初彌綸天地之事者已如此今西域亦有歷官國家參用之

進講

國初嘗求儒者於兵間已有問道考治之意世祖之在潛藩也盡收亡金諸儒學士及一時豪傑知經術者而顧問焉論定大業厥有成憲在位三十餘年凡大政令大謀議諸儒老人得以經術進言者可考而

知也歷朝因之至我欽天統聖至德誠功大文孝皇帝始開奎章閣陳祖宗之遺訓考經史之格言以養德性以成事功而文治大興矣

御書

日月之縣象雲漢之爲章星辰之經緯皆天之文也及夫河出圖洛出書則有以通神明之德類萬物之情豈非造化之緼至是而著明歟天子言而爲訓誥誓命行而爲禮樂典章何往而非文也至於萬幾之暇親御翰墨則刻之琬琰焜燿來世亦猶天之所爲

其惟圖書乎我國家自世祖皇帝爰擇名儒以傳東宮是故裕宗皇帝之在春坊嘗有日習倣書藏之東觀以示子孫迨夫仁宗皇帝英宗皇帝時有宸翰寵賜羣臣傳至欽天統聖至德誠功大文孝皇帝則辭意之粹書法之聖度越前代帝王矣猗歟盛哉

學校

古之有國家者設庠序學校以教其民申孝弟之義導仁義之方所以扶植三綱五常之道也故自王宮國都至于閭巷莫不有學秦漢以降率是而行之則

治違是而廢之則否明效大驗不可誣也我朝自太宗皇帝投戈講藝建學于燕四方諸侯相繼興學迨夫世祖皇帝之在潛邸也故金進士元好問啓請爲儒教大宗師作其卽位以道建極文軌混同内設胄監外設提舉官以領郡縣學校之事於是遐陬絶漠先王聲教之所未曁者皆有學焉至元八年頒行國字又設蒙古字學視儒學而加重自時厥後書院精舍月益歲增及夫大司農之立則一鄉一社皆有學矣列聖相承百年之間幅員萬里黌舍相望何其盛

也而我欽天纘聖至德誠功大文孝皇帝又設置授經郎于奎章閣之下以教近臣貴戚子弟之幼者斆學自貴近始天下有不感化者乎外是醫藥卜筮之流亦皆有肆習之所則名一藝者咸精其能矣若稽周官鄉大夫之教屬地官大司樂之教屬春官今國都郡邑之學載禮典鄉社之學則賦典具存云

藝文

我國家文學之盛上古聖賢以來諸儒經傳之學史官載之書其主典之官則有翰林國史集賢等院祕

書國子等監而律歷陰陽醫卜之事竺乾之教老莊之說又各有其人焉民間之書尚多也自我朝之所作者製國字以通語言文字於萬方述國制以示禮樂刑政於天下至若奎章之建閣斷自宸衷緝熙聖學表章斯文所謂唐虞之際於斯爲盛矣夫

貢舉

以科目取賢能之士歷周漢至于唐以來其目多矣我太宗皇帝旣取中原卽行試選取士之法至元中嘗議行進士科歷大德至大皆有議而未及行仁宗

皇帝始以獨斷行之如茂異神童之科有則舉之非若進士科之有定額也而亦附見焉

舉遺逸

國家取人之途多矣其有爲有能之士或不肯自售朝廷以禮徵聘而起之高爵厚祿以待之是以貪夫廉薄夫敦鄙夫寬懦夫有立志者用此道也以遺逸舉者百餘年間尚多有之而簡牘殊不備書有徵者以啓其端

求言

昔者芻蕘之言聖人擇焉我國家來言者以達下情言苟不當亦不加罪著在令甲其内外臣僚章疏語在治典中禮曹職掌封事甚衆朝廷數使治擇而采用之俟其成編則取而載之此

進書

工執藝事各進其技因以得官者葢有之矣能文之士以其所作來獻朝廷許之噫道成而上藝成而下君子亦兼取焉

遣使

昔我國家之臨萬方也未來朝者遣使喻而服之不服則從而征伐之事在政典此記使事而已天下既定郡縣既立有所詢問考察則遣使致命遐遠則遣使皆事已而罷彙有司之存牘爲此篇

朝貢

我國家幅員之廣極天地覆燾自唐虞三代聲教威力所不能被者莫不執玉貢琛以修臣職於是設官治館以待之梯山航海殊服異狀不可勝紀案牘不具不得備書立此篇以俟考補

瑞異

古人有災異則謹書之所以儆天戒而思患豫防也而祥瑞或鈌不書者恐善佞者之生侈心焉今災祥並置以考休咎之徵故簡牘有存者悉書之

右禮典上篇凡十有八目

郊祀

惟天子得祭天古之制也我國家建大號以臨天下自有拜天之禮衣冠尚質祭品尚純帝后親之宗戚助祭率其世職非此族也不得與焉報本反始出於

自然而非强爲之制者也有司簡牘可知者憲宗皇帝始拜天於日月山既而又用孔子孫元措言祭昊天后土始大合樂世祖皇帝至於今制度彌文而國家之舊禮初不廢也

宗廟

國初祭享之禮祖宗自有成法世祖皇帝中統元年秋七月祀祖宗于中書省三年因建太廟于燕京四年冬十有一月有事于太廟至元十七年作太廟于大都更定室次歲有恒祀武宗皇帝始親享英宗皇

帝更作新廟始製鹵簿御衮冕行祼獻今上中興先見廟而後即位親祀之禮史不絕書宜乎克戡大難身致隆平規模宏遠矣

社稷

古者有人民則置社稷至元二十九年始用御史中丞崔彧言以明年正月營社稷於和義門内少南以春秋仲月上戊致祀牲牢器幣三獻之禮八成之樂亞於郊廟之隆矣郡縣之祀風雨雷師皆附見焉

嶽鎮海瀆

古者有事於方岳天子親之其在諸侯封内者則諸侯亦各得祀之秦漢之後嶽鎮海瀆全歸職方氏之時葢鮮我國家混一名山大川咸在封域之内自世祖皇帝累降明昭以次加封歲時遣使禮焉

三皇

三皇配天立極有國家者載諸祀典禮亦宜之我國家通祀於天下祭儀畧倣孔子之廟歲以春秋之季行事而以醫者主之

先農

國家既得中原始立勸農司又置大司農專領耕桑之事歲有祈報於先農則其官主之請于天子而行事焉

宣聖廟

有國家者通祀仲尼於天下其來尚矣我國家定中國廟祀如故而學隸焉舟車所至凡置郡縣之地無小大莫不皆有廟學其重者京師有國學之建東魯有闕里之祠至於褒封聖門之重崇撫儒者之勤尤爲盛大矣

諸神祀異

神明之祀必因山川之形氣或有功德於人民可以禦災患可以立名教者則載之祀典非禮之禮不淫則諂在王政所宜禁者矣

功臣祠廟

古者諸侯有國大夫有家則有廟以祭其祖考功臣之立廟雖諸葛武侯之於蜀漢猶有所不許焉後世宗法不行諸侯大夫之家無廟以祭幾於忘其先矣我國家一二大勳勞之臣賜之廟而使之祭皆異數

云

謚

謚以易名所以定論平生也而羣臣之謚善惡具在令善者多得謚而惡者無與立謚焉

賜碑

昔之有大勳勞於國家者勒之鼎彝以勸臣庶以示其子孫後世伐石紀功以文其出自上旨者皆異恩也其事具天官臣事兹著其目焉

旌表

詩云天生烝民有物有則民之秉彝好是懿德夫孰無秉彝好德之心哉有國家者立爲法制使愚不肖者有所觀感庶乎企而及之勉强以從之故有忠臣孝子義夫節婦之目以風示天下我朝敎育之乆有司上于禮部者無虗日旌異之書幾徧海内可不謂之盛治哉

右禮典中篇凡十有二目

釋

佛氏之學其言以涵弘廣大爲宗我國家思以至仁

大慈覆燾萬物利益羣有是以崇尚其教而敬禮之
日盛月益大抵爲宗社生靈計也其事攷而得之者
悉載於篇以冠禮典丙卷之首

道

道家者流以清淨爲宗禬禳禜醮其末也太祖初有
全眞丘處機者亦勸上以好生止殺之事中原之人
至今稱道之此道之一門也其他如正一大道之類
皆有所因起其事有關於朝廷者則錄之

右禮典下篇凡二十二目

政典總序

天生五材兵能撥亂軒轅之興其戰七十征頑伐鬼代不絕書惟我國家光受貞符二祖三宗經營大業天戈攸及無遠不庭成廟以來數文享成邊垂乂安間有小警德明德威尋致敉寧若創與守度越前古編之簡冊焜耀無極是作政典其類二十其帙百二十三

凡天下事其統有宗貫鏹挈裘以索以領作目錄一卷天造草昧西東梗阻式漁其羣以一萬有作征伐

第一末盜遐夷潢池偪強蝨蚤奚校道兼畏懷作招捕第二籍各編伍憲度以申践更調發覯若畫一作軍制第三刀斗靈姑干戚斧鉞櫜兜函矢皆軍之用作軍器第四作息進退齊之實難乃立之師示以成式作教習第五器久盈弊習久盈忘俾陳在列視其臧否作整點第六有能勤事以死樹功高爵厚祿用錫其成作軍賞第七怠惰亡命賊事敗衆待爾以何刀鋸鞭扑作責罰第八周廬徼巡前後左右居重馭輕以臨天下作宿衛第九大君之心天下一家思保

億兆皆如王宮作屯戍第十勞則思善興建是役且寬三農俾專南畝作功役第十一爾病我藥我振爾乏沐浴膏澤歌詠勤苦作存恤第十二看來叢脞紛瑣無歸取不可門棄之弗備作兵雜錄第十二屯田軍食馬牧軍資獵以合圍斯寓軍政驛郵騶邏皆有卒名非兵而兵故悉附見作馬政第十四屯田第十五驛傳第十六弓手第十七急遞第十八祗從第十九鷹房捕獵第二十終焉

征伐

平宋

國家既臨金遂與宋鄰歲有疆場之事天啓列聖方事開拓宋德日衰權姦擅命土曠人貳曾不知警迨世祖即祚拘我好使郝經結我叛臣李壇天子震怒是以有襄陽之役文煥送款呂文煥亡徵具矣而直我神聖興王之運驅豪傑攬羣策飈逐霆訇三道鼓行至元十一年七月左丞相伯顏奉詔南征九月一日伯顏與史天澤命師襄陽分軍為三道伯顏引大軍水陸趨郢州招討使翟某以兵一萬由西路老鴉山趨荊南府唆都以兵一萬由東路棗陽掠司空山前茅破竹中堅握機於是斮沙陽新城十月二十二日大軍至沙陽城下令

黑楊總管招降城上不肯與之語復使一俘持黃榜
及檄文且傳郢州都統趙文義首入城招之其守將
串樓王總管者斬浮焚黃榜其部官傳益乘一舟引
軍十七人來降續又降軍船七艘王總管斬益軍之
欲降而未及者日暮我軍立砲二十三日參政呂文
煥至城下諭之使降弓弩亂發乃水陸並進軍中有
李國用者能祭風風大作砲手張元帥等順風掣金
汁火砲入城燒屋舍煙焰燎天城遂破生擒串樓王
等四人餘悉斬之沙陽南五里爲新城其將曰邊都
統二十四日參政呂文煥至城下招諭城上人不肯
酬答流矢亂下二十五日伯顏等過江令鐵木兒史
答剌渾二人詣城下招之列沙陽所斬首及縛串樓
王等令望城呼邊都統宜早降不然禍在目下又射
黃榜及文檄入城中又遣人招邊都統曰請呂參政
與語文煥騎馬至城下飛矢如雨中文煥右臂奔還
二十六日總制黃順來降二十七日令順赴城下呼
城上軍其部曲即縋城欲下邊都統邀截入城當門
斬之統副任寧又來降遂引軍據其周圍堡寨復使

人招於城下邊都統不言但以火砲石砲弓弩箭鑿俱發於是水陸並進丘砲毀弩堅雲梯登城攻破邊都統自焚死串樓王等四人亦併誅

鏖陽羅

十一月廿三日大軍至蔡店伯顏大會親將議渡江遣總管劉深千戶馬福覘沙湖水勢令諸將皆趨漢口諸將曰漢口水急且有備不若由淪河轉取沙武口以入大江伯顏遣覘沙武口宋將夏貴堅守其勢難犯伯顏乃圍漢陽軍陽言取漢口渡江貴果出精兵數千援漢陽併力守禦伯顏遣萬戶阿剌罕率騎兵倍道趨沙武口襲振之十二月九日大軍自漢口開堤引船入淪河轉沙武口達於大江十日伯顏以戰艦萬計相踵而至先令數千艘泊於江岸北屯布蒙古漢軍旌旗彌望宋人奪氣夏貴率漢鄂舟師彌亘三十餘里迎敵至夜貴潛發兵犯我師軍船總管張當戰卻之是日令諸將修攻具進陽羅堡十一日詰旦遣人宣布朝廷威德招諭陽羅將士弗聽十二日又遣人數陳禍福宋將士曰我輩受大宋重恩戮力死報此其時也安有叛逆歸降之理備吾甲兵決

之今日伯顏遂指揮諸將進攻不克十三日復攻陽
羅堡伯顏密謀於阿术曰宋人之心謂我必拔此堡
方能渡江此堡堅攻之徒勞苦今夜汝以鐵騎三千
泛舟泝流上流陣必不堅當爲擣虛之計以來日絶
早渡襲南岸苟得過速遣人報我阿术亦曰攻城乃
下策若分軍船之半循岸西上泊青山磯下伺隙擣
虚可以得志遂以昏時遡流二十餘里泊青山是夜
雪大作夜半遥見南岸多露沙洲即率部曲徑渡載
馬後隨宋將程鵬飛拒戰江中阿术横身盪决蹀血
中流僉都統高邦顯房某死者無筭得船千餘艘阿
术登沙洲急擊攀岸沙闘開而復合者幾四敵小卻
萬户史弼鼓勇而戰遂得南岸諸將出馬若闘破之
追殺至鄂南門宋人敗走十四日黎明阿术遣報依
命而往已過江矣伯顏大喜指揮諸將進攻陽羅堡
又舟師直衝敵船大戰江中我軍盡追攻之宋軍大
潰數十萬衆死傷幾盡流尸蔽江而下夏貴僅能脱
命乘舟走至白虎山抵暮方止諸將以貴大將不可
使逸請追之伯顏曰陽羅之捷吾欲遣使前告宋人

而貴走代吾使不必追是夜宋置制使朱禩孫舍鄂州而遁既而沿江諸郡邑皆來降

蹷賈似道蕪湖

十二年二月九日伯顏兵入池州宋平章賈似道率孫虎臣夏貴等悉兵十餘萬號百萬建都督府以戰艦五千餘艘屯丁家洲遣袁克巳宋京等奉國書求成請稱臣歲貢伯顏遣千戶囊加解與克巳同往答書如君臣相率納土郎當奏聞不然備尔甲兵以决勝負囊加解回言似道不肯降十六日次于丁家洲兩軍相拒數里十八日進戰伯顏曰衆寡不敵宜以計勝即令軍中作大栰數十採薪芻置其上陽言欲焚其舟宋人但晝夜嚴備而戰心少懈伯顏乃分兵夾江步趨然後麾戰艦合勢衝宋軍阿朮與其前鋒泰州觀察使孫虎臣對陣夏貴以戰艦二千五百艘橫亘江中似道將後軍時我已令諸將順江勢兩岸樹礮擊其中堅南軍陣動伯顏趣我船急進阿朮即手柁衝船雷鼓大震聲動天地我師掠彼舟大呼曰宋人敗矣似道倉皇失措舳艫簸蕩乍分乍合阿朮以小旗麾將校率輕銳橫擊深入宋

軍大潰即回棹走伯顔以步騎夾岸掎之追奔百五十里殺溺死者蔽江而下水爲之赤獲戰艦二百艘及都督府印軍資器械無算似道走揚州貴走廬州虎臣走泰州軍次當塗和州太平建康相繼款附於我

走張世傑焦山

七月一日張世傑等率水軍操戰艦曰黃鵠白鷂萬餘艘屯焦山南北每十船爲一舫沉鐵碇於江非有號令不得擅自起碇蓋示以必死也時宋將劉師勇據常州誘浙右新附諸城復叛與世傑虎臣輩相合咸欲致死於我二日阿术登石公山望之舳艫連接檣旗蔽江阿术曰可燒而敗之委命伉徤善彀者千人載以巨艦分兩翼夾射阿术居中合擊繼以火矢灼其蓬檣窘無所出董文炳亦以軍直扣焦山之麓交戰自寅至午宋人力不能支遂潰欲遁又卒不能起碇士卒投江者數萬世傑等鼠竄不知所往追至圖山得船七百餘艘俘敗兵萬餘自是淮東兵不敢出

大燔毗陵

十一月十六日伯顔軍至常州先是常帥聞師勇舉衆附既而陰結外援據城以叛伯顔至不

忍加兵乃射書城中曉以禍福許其自新至再三終不從十七日又令諸掾史書諭文射入城中曰常州我大元已附之城爾衆復來據之大丞相領兵臨城四面攻擊勢易摧枯耳然念我主上好生惡殺務以招徠爲先連日遣人告諭未見聽從爾之士民勿以歸降復叛爲疑爾之將士勿以拒敵我師爲懼約以來日如能出城歸附以保生靈前罪一無所問不妄戮一人仍依沿江已附州城一例遷加爵賞四民各令安業若更執迷堅拒城破之日枕尸流血老幼無遺宜速審思無貽後悔又不聽伯顔乃親督帳前軍數千臨於南城又多建火砲弓弩等日夜攻之不息十八日諸軍奮勇爭先登木城即竪紅幟於城上四面並進宋兵大潰克之遂屠其城

五戰而宋不國矣是爲亡命假息

閩廣十三年正月十九日大軍至臨安北五十里陳宜中張世傑蘇劉義劉師勇等挾宋宗室廣王昺益王昰遁去宋主㬎歸命五月一日文天祥宜中世傑等立昰於福州收集潰兵大假閩人爵賞於是

閩中亦變爲昰用昰發兵五萬取邵武諸城六月命彭都統征廣州李恒救邵武至建昌民心少安又破吳浚兵于南豐九月江西兵與東省阿剌罕董文炳會征昰招討也的迷失會東省兵于福州右副元帥呂師夔左副元帥張榮實將兵赴梅嶺與昰兵遇敗之昰遁海外碙洲十四年九月五日福建宣慰使唆都言南劒州安撫使達魯花赤馬良佐遣人於福泉等處密探得殘宋建都廣州改咸熙元年又聞舟師至港口爲廣州官軍殺退回在海内有一山名秀山又名武空山山上民萬餘家有一巨富者昰買此人宅宇作殿闕屯駐其兵病死者甚多十一月十五日千戸敎化孫獲南人言宜中奔廣州十二月九日塔出閩廣州宜中遁十二日宋將張鎭孫以廣州降宜中尋與昰昺世傑劉義等走香山十八日塔出會哈剌䚟言唆都遣人持書諭世傑昰等驚潰不知所之塔出復遣哈剌䚟與宣撫梁雄飛花討王天祿將兵追襲之與世傑軍遇於香山奪戰艦符印俘其將史李戍等詰問之茂對世傑攻泉州宜中衆尚數千人

船八百艘比至虎頭山中流爲風壞船泉溺死宜中以身免二十三日沿海經畧使行征南左副都元帥府兵追昰昺世傑等至廣州七州洋及之戰海洋中奪船二百艘獲昰母舅俞加珪等十五年五月二十九日昰將王用來降言昰已死世傑等立昺改元祥興士卒止萬人而硇洲無糧儲聞瓊州守臣欲給糧二萬石海道灘水淺急難於轉運止有杏磊浦可通舟楫宜急以兵守之雷州總管忙兀解等得其說即命諸將進軍爲戰守之計

崖山拉傾

六月二十七日江東道宣慰使張弘範拜蒙古漢軍都元帥江西省參政李恒爲副都元帥征昺等閏十一月十四日恒入廣州待弘範降卒藏寶言益王死硇洲廣州屯新會縣之崖山縛草架木爲宮殿凡千餘楹有船七百艘軍士尚衆由海道渡兩晝夜可抵其聽舍舟莫能往也十六年正月二日弘範發潮陽港徑往崖州十四日弘範至崖山圍世傑軍十六日李恒聞弘範已赴海道即率麾下戰艦一百二十艘入海二十二日恒會弘範于崖山初弘範至甲子門獲昺

斤候劉青顧凱知昺棲于崖山之西山南北亘二百餘里東南枕海西北皆港弘範至山北水淺不通乃由山東而南又西與昺遇昺建宮山麓碁結巨艦千餘艘下碇海中中艫而外舳大索貫之爲柵以自固四圍樓櫓如城弘範潛舟載騎兵登麓焚其宮昺以閩艦號快船者樵汲弘範命樂總管山寨斷其汲路恆以拔都船當之昺遣兵爭之皆敗去自是樵牧日梗弘範又命樂總管自寨以礮擊昺艦艦堅不動有烏蜑船千艘救昺艤于北弘範笑曰此徒取死耳夜撑小舟由港西潛刻烏蜑船北徹其兩岸且以戰艦銜之烏蜑船皆並海民素不知戰昺又不敢援進退無據攻殺靡遺弘範因取烏蜑載草灌油乘風縱火欲焚昺艦昺預以泥塗艦懸水筒無數火船至鉤而沃之竟莫能爇昺將周文英日挑戰十餘次皆爲弘範所敗弘範以張世傑其父柔之故卒戍杞時有罪逃宋索其甥韓某署萬戶府經歷三遣諭禍福世傑歷數古忠臣曰吾知降生且富貴但爲主死不移也韓追之世傑笑曰果欲我降撤汝圍兵使吾出諸將

請以砲攻之弘範曰砲攻敵必浮海散去吾分追非所利不如以計聚留而與戰也且上戒吾屬必誅滅此令使之遁何以復命恒亦謂弘範曰我軍雖圍賊賊船正當海港日逐潮水上下宜急攻之不然被薪水既絶自知力屈恐乘風潮之勢遁去徒費軍力不能成功也遂畫圖定議與敵船相直對攻二月五日夜弘範召諸將三誓之發碇與昺相對六日平旦弘範分諸將爲四軍恒當昺北及西北角樓諸將分居昺南及西弘範將其一居西南去昺里許令曰敵東附山潮退必南遁南軍急攻勿失之西北軍期吾樂作乃戰又令曰敵西南艦可受危闘其將左大守之必驍勇也吾其自攻諸將謂元帥不宜自輕某等當效力弘範曰師當先其難者頃之有黑氣出山西微雨滿天弘範曰吉兆也潮退水南瀉恒從北面順流衝擊突入其陣恒令諸軍船尾命柂師轉船逆行徑擣其柵我軍憑高瞰敵勇氣百倍登其船斷其索短兵接戰彼以江淮勁卒各殊死鬬矢石蔽空至巳時奪三船恒率拔都軍復語快船戰至日午潮水長北

流南面軍復順水勢進攻世傑腹背受敵以火砲樂南面軍預濡罽覆艦砲盡不能灼寸尺然戰不利弘範益其卒始奪一艦弘範所乘艦布障四匝伏盾作樂敵疑宴而懈弘範以巳艦畀於敵且出入艱乃回艦尾抵左大左大射矢集布障棉索如蝟弘範度其矢盡撤障去盾兵矢火石俱發奪左大艦又與夏御史戰奪七艘敵潰衂去自投水諸將合勢乘亂皆殊死混戰自巳至申聲震天海斬獲幾盡昺端明殿學士陸秀夫先沉妻子於水登昺舟曰官家事危矣柰何遂抱昺俱死于水時弘範操小舟詣恒議事世傑等乘間開南壁率十六艦奪港門遁去恒與弘範等追至崖山口值天晚風雨驟至煙霧四塞諸將各相失弘範還恒獨進追之承宣使翟國秀等解甲就降焚溺之餘尚得海艦八百餘艘七月浮水之屍十餘萬有卒求物屍間言見一屍小而皙衣黃衣負印戭云詔書之寶取寶獻弘範弘範問宋人尹都統曰昺也又問近侍數人皆以爲然求之巳不得矣世傑弃交趾至海陵港遇風艦敗溺死弘範等磨崖山紀功

而還恒追至高州得獲曷尸報遂回蘖芽斯絶惟太祖皇帝以來西夏回紇高昌六詔交州三韓以及中原悉爲臣庶獨宋未下我世皇遂能一六合車書混光嶽之氣以上接百王之統嗚呼盛哉若神謀睿算獨運於萬物之表者有不可得而知將相之方畧士卒之拳勇取舍之機會降下之次第則悉著篇中

高麗

太祖皇帝之十三年天兵至高麗其王降遣使歲貢十九年盗殺使者遂絶不來太宗三年討之王瞰又

降置京府縣達魯花赤七十二監之而班師明年盡殺朝廷所置官以叛保海島遣帥問罪帥中傷死軍回七年八年九年連以兵拔其城甚多十年瞮遣人奉表詔徵瞮以母喪辭詔朝明年終不至定宗之二年憲宗之三年至七年伐不已世祖中統元年王倎歸款且言出水就陸詔罷征二年世子植朝至元元年八月植以王朝京師六年其令公林衍廢植立安慶公曰淐者遣國王頭輦哥以兵撫定詔植復位偕淐衍入朝植受詔得還爲王且來覲淐衍不至七年

討衍師壓境衍已前死國人滅其族因又設官監其國無何植之族承化公以三別抄叛又遣將破斬之餘黨金通精走耽羅尋亦禽誅植始歸其王京者居焉是後王來世子入侍寵錫便蕃至尚主爲王官賜功臣號至于今渥澤益以加列聖之涵濡煦嫗者至矣匪頒貢語在禮典兹第書軍旅之事而附以耽羅焉

太祖十三年天兵討契丹叛人至高麗國人洪大宣降爲鄉導共攻其國其王迎王師降自後歲貢交通使命往來不絕十九年著古與往使中途爲賊所害後積年絕不相通太宗三年遣元帥撒里塔火里赤等討之王瞰降置京府縣七十二達魯花赤而班師四年六月殺達魯花赤而判保海島八月又遣撒

里塔討之中流矢軍回七年唐古福源征之七八九三年連拔城池十年瞮遣將軍金寶鼎奉表入朝十一年五月詔瞮入朝辭以母喪詔朝明年定宗二年命阿母侃與福源同討憲宗三年命宗王耶虎征之拔禾山城等四年改命扎剌鯓征王六七年連拔光州安城等世祖中統元年四月詔王倎歸欵冊爲王請出水就陸班師罷征二年世子植入朝三年王植至元元年八月植朝九月頒改元詔于其國六年八月世子愖言權臣廢其父立安慶公淐爲王詔遣斡脫思不花李諤詳問九月蒙哥都征之十月差國王頭輦哥行省事撫定高麗仍詔植淐林衍入朝十一月二十三日植受詔復位十二月植入朝七年正月討林衍二月植還國設達魯花赤五月大軍次王京衍已前死六月承化公以三別抄軍叛據江華島劫焚府庫圖籍逃入海中行省令乃顔追擊之八年正月請尚主五月經畧使欣都史樞等攻破珍島斬承化公其黨金通精走耽羅六月世子愖入侍十年四月欣都洪茶丘拔耽羅禽金通精十一年五月公主

下降於惟復名賰又名距

日本

日本海國自至元大德間黑迪殷弘趙良弼杜世忠何文著王積翁釋如智寧一山與高麗之潘阜金有成董數使其國惟積翁中道爲舟人所殺餘皆奉國書以達而竟不報聘至元十年忻都洪茶丘以二萬五千人征之第虜掠而歸十七年阿剌罕范文虎董以十萬人征之未見敵喪全師二十年阿塔海復以十萬人往而昂吉兒上言民勞乞寢兵上亦謂日本

未嘗相侵而交趾犯邊宜置日本專事交趾遂罷征日本人竟不至國書始書大蒙古皇帝奉書日本國王繼稱大元皇帝致書日本國王末並云不宜白不臣之也辭懇懇款款自抑之意溢於簡冊雖孝文於尉陀不是過焉者還上以為將命者不達黑迪被却上以為典封疆者慎守固禦為常此將吏之過良衛之往復謂不見報者豈以高麗林衍叛道梗故耶終不以旅拒名之忻都軍既還其國遣商人持金來易錢亦聽之又詔勿困苦其商人柔遠之道至矣阿剌

罕之行上宣諭曰有一事朕憂之恐卿輩不和耳既而諸帥果以輿尸取敗而上言將校不聽節制逃去載運士至合浦遣還鄉里及敗卒于閶者脫歸則言省臣先潰去棄軍五龍山下為日本所殲諸將之罪始暴著昂言見之言曰語曰上下同欲者勝又曰兵以氣為主近歲民貧賦重薦水旱救死不暇復驅之涉海遠征草不愁歎此非上下同欲也軍嘗挫衂東海倉皇喪氣人無鬭志非所謂以氣為主也成宗即祚或又建言伐之上曰今非其時朕徐思之卒遣寧

一山附商舶往使而已嗚呼世祖之文經武畧與知人之明謙光之度成宗之能持盈昂吉兒之讜言諸將之罪負日本之自絕照臨皆當使世有聞焉至元二年命兵部侍郎黑迪禮部侍郎殷弘持國書往使日本書稱大蒙古皇帝奉書日本國王云云末云不宣白道高麗高麗王植言道險遠不可辱天使命其起居舍人潘阜持書往留六月不得要領而歸五年九月再命黑迪弘往至對馬島日本人拒不納交鬪執其塔二郎彌二郎二人而還六年命高麗金有成送還執者且俾中書省牒其國亦不報十二月又命祕書監趙良弼往使良弼乞定與其王相見之儀廷議與其國上下分未定典其國且無禮數上從之良弼至留其太宰府守護所者久之時又有曹介叔者上言高麗遷路導引國使有捷徑順風半日可到但使臣則不敢同往大軍進征則願為鄉導上曰如此則當

思之九年五月命高麗王植致書日本諭使通好始遣
彌四郎者入朝上宴勞之既又逼使者徒歸竟不報聘
十年命鳳州經畧使忻都高麗軍民總管洪茶丘以千
料舟拔都輕疾舟汲水小舟各三百共九百艘載士卒
二萬五千伐之十一年十月入其國敗之而我軍不整
箭又盡虜掠四境而歸十二年遣禮部侍郎杜世忠
兵部侍郎何文著計議官撒都魯丁往使書前言大元
皇帝致書于日本國王後言不宜白亦不來覲十四年
遣商人持金來易銅錢許之十七年十月立日本行省
命阿剌罕爲右丞相與左丞范文虎及忻都茶丘等
率十萬人討之十八年二月諸將陛辭上曰有一事朕
憂之恐卿輩不和耳范文虎新降者也汝等必輕之八
月諸將未見敵喪全師以返上言至日本欲攻太宰府
暴風破舟猶欲議戰萬戶厲德彪王國佐等不聽節制
逃去本省載餘軍至合浦散遣還鄉里未幾敗卒于閶
脫歸言官軍六月入海七月至平壺島移五龍山八月
一日風破舟五日文虎等諸將各自擇堅好船坐去棄
士卒十餘萬于山下無食無主者三日衆議推張百戶

者爲主帥號之曰張總管聽其約束方伐木作舟欲還七日日本人來戰盡死餘二三萬虜去九月至八角島盡殺蒙古高麗漢人謂新附軍爲唐人不殺而奴之閶葦是也蓋行省官議事不相下故皆棄軍歸久之閶輿莫青吳萬五者逃還十萬之衆得返者此三人也二十年命阿塔海爲日本省丞相徹里帖木兒右丞劉二拔都左丞陳某右丞鄭某參政往以十萬人往淮西宣慰使昂吉兒上言民勞乞寢兵二十一年又以其俗尚佛遣王積翁者與普陀僧如智往使舟中有不願行者共謀殺積翁不果使而返二十三年上曰日本未嘗相侵今交趾犯邊宜置日本專事交趾成宗大德二年江浙省平章政事也速達耳乞用兵日本上曰今非其時朕徐思之大德三年遣僧寧一山者加妙慈弘濟大師附商舶往使日本而日本人竟不至

安南

安南以險遠爲國自憲宗世祖時大將兀良哈解鎮南王脱歡凡兩以王師入其所居之城其餘疆埸之事皆細微也然亦畧載之憲宗二年世祖征大理癸中道兀良哈解由西道晏當路諸王抄合也只烈由東道白蠻進三年大理平四年世祖北還留兀良哈解攻諸夷未附者七年兵次交趾北阿闍遣使往諭不返又遣徹徹都等將兵進抵洮江兀良哈解繼進十二月十三日交人敗入其國丁陳勝竄海島出所遣使獄中屠其賊留九日以熱班師還至三十七部鬼方復遣二使招勝勝還國憤殘毀縛還二使八年勝傳國長子光昺光昺遣其婿以方物來見兀良哈解遣訥刺丁招光昺來朝光昺納款中統元年禮部郎中孟甲充南諭使持詔入安南光昺遣族人通使大夫奉公員外郎諸衛寄班阮璨等皆闕獻書乞三年一貢從之至元二年頒改元詔賜曆日卜四年光昺卒其世子日烜立累徵

元朝不至十八年十月立安南宣慰司以伯顏帖木
兒爲參知政事行宣慰使都元帥設僚屬有差詔立
陳遺愛爲安南王二十年阿里海牙以書抵日烜俾
助兵糧攻占城上命鎮南王道交趾伐占城二十一
年十月師次永州安南遣興道王率衆二萬屯衝要
以扼王師十二月敗之于可離隘又敗之于洞板隘
殺其將秦岑至内旁隘敗其興道王遁走執其將大
僚班段台進至萬劫興道王又敗走官軍至富良江
日烜親布戰敗棄城走天長府師入其國別將右丞
唐兀䚟敗其太師昭明王雲肅王左天王等兵宗王
咬哥敗其昭孝王于清化府斬之大軍追日烜于阿
魯江德剛江處處破之進至天長府日烜又敗走禽
其建德侯陳仲追至膠海口不知日烜所在其族昭
國王文義侯武道侯明智侯明誠侯彰懷侯彰憲侯
義國侯等皆降唐兀䚟追日烜及其上皇至安邦海
口棄船走山林尋閏入清化府四月交兵大起其興
道王攻萬戶劉世英于阿魯堡忠誠王攻千戶馬傑
于江口皆殺退既而水陸來攻大營城圍數匝雖多

死增兵轉衆官軍朝暮鏖戰困乏器械皆盡遂棄其京城渡江屯駐尋班師至如月江日烜遣其懷文侯來追殺之至冊江伏發官軍蹋斷浮橋多溺死七月事聞樞密院請以兵五千期今年十月會潭州征之二十三年正月議徵兵客省復大舉代安南詔立其族之來降者益稷爲安南王秀峻爲輔義公以奉陳氏祀日烜上書東宮哀鳥求罷兵湖南宣慰司亦上言民疲士卒多死傷詔散兵還各營罷征二十四年令烏馬兒樊參政率兵水陸進征交趾尋亦罷三十年以累徵不至議遣劉二拔都征之世祖上仙成宗卽作詔赦日燇罪

雲安

憲宗御極當癸丑之歲世祖以皇帝奉詔征西南氏命兀良哈台爲先驅期年還朝兀良哈台專征至五

年悉定凡得城五府八郡四蠻部三十七至元四年冊宗室忽哥赤爲雲南王遣就國鎮撫之自是裔夷獷俗時起跳梁則皆郡縣其地之後之事故第入招捕類中此不載

憲宗三年世祖征西南夷由土蕃入雲南命兀良哈台自旦當領入降摩些部涉金沙江攻下諸告取龍首關世祖遂入大理國城兀良哈台分兵取附都善闡烏爨次羅部府大酋高昇拒戰大破於淺可即山下昇嬰城自守城際滇池三面皆水難攻圍七日使克國主段智興柔暗權臣高祥方謀篡弑及大兵至智興走匿昆澤追及善鄯獲之世祖入其城秋毫不犯尋引兵入土蕃酋長唆火脫因塔里堅守兀良哈台進攻懼而出降用爲鄉導襲取白蠻譯曰察罕章蠻依山固守兀良兀台令其子阿木殺蠻退走乘勝至烏蠻曰哈刺章攻破水城四年春世祖還兀良哈台至烏蠻之都曰押

赤城依山阻水不可近鬼蠻葦復助之兀良哈台攻不下阿朮攀城而入遂拔之又下乾德哥城圍不花合因國拔赤土哥塞又克忽闌城降羅羅斯阿伯阿魯諸國凡平五城八府四郡烏白等三十七部蠻至元四年命忽赤哥爲雲南王以鎮之

建都

建都古越巂也至元四年怯錦領兵招諭其人亦有願爲内應者既而以無功坐誅九年親王也速台兒乞往征十一年蒙古台又往征元貞間立軍民總管府于其地然出師振旅降下攻擊之詳簿書闕焉至元三年九月四川行院言建都欲降乞降詔招之四年九月怯錦乞領兵招建都從之十月下詔招諭五年

三月建都總管軍民大頭目入坐億智拍祖不作四人遣急吉者來告乞官軍攻城我等殺國主效力王蕃頭目曉着亦顧助粮六年六月怯綿無功亡士卒棄市九年正月親王也速台兒領六千人往征之上從其請十一年命蒙古台領兵一萬一千五百征之元貞二年五月丞相完澤奏立建都軍民總管府

緬

朝廷以至元十年始遣使招緬不至十四年春緬人犯邊偏將忽都土官信苴日董大敗之十月行省遣納速剌丁破其三百餘砦然皆方面疆埸之事二十年使詔宗王相吾達兒往征破其江頭城二十二年乃議納欵貢方物既其王爲庶子不速速古里所囚

大德二年其臣阿散哥也復擅廢立四年命宗王闊闊雲南省平章政事薛超兒兀忙兀都魯迷失等率師問罪功不就而還臣作政見高麗有林衍承化公金通精之亂今緬亦似之皆蕞爾國而婁有弗靖至煩朝廷兵鎮撫可憐哉

至元八年大理鄯闡等路宣慰司遣乞台脫因等使緬招其內附不得見其王見其臣下遣价博者皆來十年以乞台脫因充禮部郎中與勘馬剌失理及工部郎中劉源工部員外郎小云失充國信使副特詔往諭徵其子第大臣來朝十二年四月建寧路安撫使賀天爵言金齒人阿郭知入緬三道一由大部馬一由驃甸一由阿郭地俱會緬之江頭城又阿郭親戚阿提犯在緬掌五甸戶各萬餘欲內附阿郭願先招阿提犯及金齒之未降者爲引導雲南省因言緬王無

降心去使不反必須征討聖旨姑緩之十一月雲南省始報差人探伺國信消息蒲賊阻道令蒲人漸多降者道稍通遣金齒千額總管阿禾探的國使以達緬俱安十四年三子緬人以阿禾内附院之攻其地欲立砦騰越永昌之間時大理路蒙古千戶忽都大理路總管信苴日總把千戶脫羅羅孩奉命伐永昌之西騰越蒲驃阿昌金齒之未降部族駐南甸阿禾告急忽都等晝夜行與緬軍遇一河邊其衆約四五萬象八百馬萬疋我軍僅七百人緬人前乘馬次象次步卒象被甲背負戰樓兩旁挾大竹筩置短槍數十根於其中乘象者取以急刺忽都下令賊衆寡當先衝河北軍親率二百八十一騎爲一隊信苴日以二百三十三騎傍河爲一隊脫羅脫孩以一百八十七人依山爲一隊交戰良久賊敗走信苴日追之三里抵寨門旋寧而退忽南面賊兵萬餘繞出我軍後信苴日馳報忽都復列爲三陣進至河岸擊之又敗走追破其十七砦逐北至窄山口轉戰三十餘里賊及象馬自相蹂死者盈三拒溝日暮忽都中傷遂收

兵明日追之至千額不及而還捕虜甚衆中軍以一
帽或一兩靴一氈衣易一生口其脫者又爲阿禾阿
昌邀殺歸者無幾而官軍負傷者雖多惟一蒙古軍
獲一象不得其性被擊而斃餘無死者十月雲南遣
其道宣省慰使都元帥納速剌丁率蒙古爨僰摩些
軍三千八百人征緬至江頭深蹀酋首細安立砦之
所招降其木乃木要蒙帖木巨木禿磨欲等三百餘
砦上官曲臘溝折民四千孟磨愛呂民一千磨奈蒙
匡黑答八剌民二萬蒙古甸甫祿保民一萬木都彈
禿民二百以天熱還師二十年十一月王師伐緬克
之先是詔宗王相吾答兒右丞太卜參知政事也罕
的斤將兵征緬二十年九月一日大軍發中慶十月
二十七日至南甸太卜由羅必甸進軍十一月二日
相吾答兒命也罕的斤取道於阿昔江達鎮西阿禾
江造舟二百下流至江頭城斷緬人水路自將一軍
從驃甸徑抵其國十一日與太卜軍會十三日令諸
將分地攻取十九日破其江頭城擊殺萬餘人別令
都元帥袁世安以兵守其地積糧餉以給軍士遣使

持與地圖奏上二十二年十一月緬王遣其鹽井大官阿必立相至太公城欲來納款爲孟乃甸白及頭目解塞阻道不得行遣贍馬宅者持信搭一片來告縹甸土官匿俗乞報上司免軍馬入境匿俗給榜遣贍馬宅回江頭城招阿必立相赴省且報鎮西平緬麗川等路宣慰司宣撫司差三摻持榜至江頭城付阿必立相忙直卜弄二人期以兩月領軍來江頭城宣撫司率蒙右軍至驃甸相見議視事阿必立先乞言於朝廷降旨許其海過然後差大官赴闕朝廷尋鎮西平緬宣撫司達魯花赤兼招討使怯烈使其國二十四年正月緬王爲其庶子不速速古里所執囚於昔里怯答剌之地又害嫡子三人與大官共木浪周等四人同爲逆雲南省請令秋進討奉旨不聽既而雲南王與諸王進征至蒲甘喪師七千餘始平定歲貢方物大德元年緬王遣其子僧加八的來朝賜王爵印封僧加八的爲世子二年雲南省先遣管竹思加使登籠國其國王遣其舅兀剌合兀都魯新合二人從管竹思加赴闕二月至滿甘緬王帖滅的令

可厖力引軍登舟縛去兀剌合兀都魯新合劫掠貢
物以去六月管竹思加至太公城緬人阿只不伽闌
等來言舊緬王帖滅的實行劫奪於爾今已去位鄒
聶爲王遣我輩召爾議遣人赴朝管竹思加至蒲甘
鄒聶曰帖滅的引八百媳婦軍破我甘當散當只麻
剌班羅等城又劫奪爾登籠國人物爾等回朝不知
其故必加兵於我今帖滅的已廢持差大頭目密得
力信者章者思力三人奉貢入朝又移文雲南省稱
木連城土官阿散哥也皇帝命佩大牌子爲官人初
實無罪前緬王欲殺之聖旨令安治僧民前緬王却
通叛人八百媳婦引兵來壞甘當散當只麻麻剌班
羅四族百姓又劫奪登籠國貢物是故阿散哥也阿
剌者僧吉藍僧哥速等廢前緬王令我爲王行省以
聞三年八月太公城總管細豆移文江頭站頭目逮
的剌必塞馬加剌言阿散哥也兄弟三人領軍三萬
謂答麻的微緬王及其世子曰自歸大元之後使我
多負勞費殺緬王以下世子妻妾父師臣僕百餘人
雲南行省問其持文書來者我文哥言緬王就弒時

謂阿散哥也曰我祖以來不死於刃可投我水中或縊死遂縊之埋死所屋下七日風雨不止夢其國人曰吾理不得其地若焚尸弃骨於水則晴從之果然我文哥出十餘日又聞世子及逃出次子之母與父師臣僕與前此隨國信使留緬回回畏吾兒漢人百餘輩皆被害阿散哥也又逼淫新王之母是月緬王之子古馬剌加失八颭眈入者里及其師來奔陳辭於雲南省乞復讐大驃謂阿巴民叛緬王乞師朝廷伐定之叛人怒謂王求軍殺掠我爲人奴遂修城柴兵謀廢其王又僧可速左右及阿剌者僧吉藍從人相繼從叛者殺害密里都邦加郎等族王謂其兄阿散哥也可勸汝兄弟勿爾對曰我說必聽不聽我親伐之王悉以其民付阿散哥也因此力衆遂生二心王執而囚之僧哥速等於不甘麻宿吉老亦之地築大城拒守水陸進兵來逼蒲甘王釋阿散哥也令百官乘象馬從阿散歌也出見僧哥速僧哥速奪象馬掠百官求錢物燒城池鎖王足置豕牢中分其妻妾王爲皇帝奴寃苦如此望拯救雲南行省左丞忙兀

都魯迷失又上言緬王歸朝十一年矣未嘗違分今其臣阿散哥也兄弟三人以三罪加其身置父子縲紲又通新王之母據舊王之妻妾假三罪皆實亦當奏從朝廷區處乃敢擅禮廢立豈有此理令其子來求救且小甸叛人劫虜官民尚且赴救答麻剌的微王乃上命爲國主叛臣囚之豈可不救抑使外國效尤爲亂將致大患行省以聞已而又聞新主亦被弒阿散哥也簒立九月中書聞於上上曰忙兀都魯迷失之言是也速議奏行十一月阿剌哥也犯邊攻阿真谷馬來城拒太公城二十里駐兵尋退四年正月召忙兀都魯迷失赴闕議兵事五月故緬王婿馬來城土官納速剌上言大德元年朝廷遣尚書教化迪伴送世子僧加八的還國國王集衆聽詔惟阿剌者僧吉藍僧哥速不至二年二月二人興兵叛來駐蒲甘近境王亦整兵諭叛賊之兄阿剌哥也曰尔二弟不聽詔又敢爲亂尔令退兵從命則已否則是尔同謀阿剌哥也諭之不從王遂囚阿剌哥也二人引兵還城王遣納速剌等出戰納速剌敗被擒王令國中

諸僧出謂二人曰毋徒苦百姓尔欲害我乎若無此心當釋尔兄復乃職否則明以告我阿散哥也及二弟皆曰王是我主豈有異心如不信請入大寺爲重誓從之誓畢釋之賊退納速剌亦得歸至五月三人合兵攻蒲甘執及世子僧加八小的次子朝乞力朝普囚於木連城凡十又一月三年四月十日阿剌哥也令弟阿難荅速弑緬王并二子餘子康吉弄古馬剌加失巴遁去放世子於蒲甘而奪其妻又分擄土妻妾共立王孽弟鄒聶方十六歲誅不附已者十二月又攻破阿真與馬來兩城納速剌逃來正月十五日中書樞密奏征緬事忙兀都剌迷失請用六千人臣等謂緬與八百媳婦通好力大非一萬人不可奉旨所擬猶少可增爲一萬二千人又奏忙兀都魯迷失乞與薛超兀兒劉都元帥德祿同事及求雲南上官高阿康從軍又請命親王濶濶監軍以振兵威皆從之上曰濶濶難去勿令預事四年閏八月雲南平章政事薛超兀兒忙兀都魯迷失等發軍中慶斯至大理西永昌騰衝會集十月入緬十二月五日至馬

來城大會十五日至阿散哥也兄弟三人所守木連三城相接賊出戰敗之賊閉門拒守忙兀都魯迷失劉左丞據城東北面薛超兀兒高阿康參政據西面正南無軍守之賊日出戰城內四面立三梢單梢砲向外攻擊官軍尋立排沙圍其城五年正月分軍破其石山寨又召白衣催糧軍二千助圍其城南十九日城上發矢石擂木殺官軍五百餘人二月二日阿散哥也令十餘人呼曰我非叛人乃是皇帝良民以緬王作違理三事我等收之彼自飲藥而死非我等殺之我等蒙古人無甚作惡若許我投降省官鑒之賊遂使人持金銀禮物出見省官諭賊三人親出方可不然難信若一年不出我軍亦住一年賊竟不肯親出二十七日萬戶章吉察兒等狀陳天熱瘴發軍勞苦不還實懼死傷獲罪若令我等住夏瘴死不如赴上前就死若別自有旨執敵不住在法口傳聖旨勿行我等今當廻軍二十八日分省官方議軍事章吉察兒等俱領軍起營回二十九日分省官亦回三月五日至阿占國城追及章吉察兒等忙兀都魯迷

失移文稱大軍未成豈可回軍若爾等果不肯往可留一半軍或三千當職當往夏守賊平章薛超兀兒劉左丞高參政皆言平章可往我輩亦可往我輩皆願往夏偏告軍官俱令往夏是日新王之母乘象追及分省官誘賊拘我於木連城今始放出若大軍五日不迴必出降昔乎回旱章吉察兒等宣言病軍皆已先行我等明日亦去無可議者分省官命追回先行軍皆言去已遠何可及次日將校皆回分省官亦由蒙來路歸薛超兀兒忙兀都魯迷失上言賊兵困屈旦夕出降參政高阿康士官察罕不花軍官章吉察兒等同稱軍多病不可往擬合回軍下令留之不聽將親典兵權引軍而回彼既行矣分省亦不能往又言朝廷所立緬王已送至其父舊所居城中報賊酋從者已少皆從我矣若可往當遣人再報若不可往我亦走出又言賊饋阿康酒食阿康受之疑是實貨又軍回五程阿康出銀三千兩曰此阿散哥也賂衆將校者薛超兀兒等言此銀尔實受之我輩未嘗知也欲與諸將尔自處之蓋因阿康與察旱不花等

願此行敗功不成乞置對以懲後八月八日丞相完澤等奏奉旨遣河南平章政事二哥等赴雲南雜問之益自宗王濶濶平章政事薛超兀兒忙兀都魯迷失左丞劉德祿參知政事高阿康下至一二大將校幕官令史皆受賊賂瓜難已至兵中復縱之共爲金八百餘兩銀二千二百餘兩遂不能號令偏裨阿康因與察罕不花謀令諸將抗言不能住夏檀回阿康察罕不花伏誅忙兀都魯迷失前死薛超兀兒劉德祿遇赦皆追奪宣敕永不敘用忙兀都魯迷失子不得廕首沮軍事萬戶咬咬忽都不丁千戶脫脫木兒貞決有差皆奪所居官籍其家產之半餘將校各以輕重被笞察罕不花者麗江路軍民宣撫使也

占城

占城初嘗奉表來降至元十九年以執國使興師問罪二十年正月破其木城洎大州其主孛由補剌

者吾遁走其勇寶脫禿花陽求降附以欵我師陰爲戰討往返再三辭語支蔓總兵官唆都竟不之覺及得曾延之報始疑信相半而已墮其術中幾陷偏師嗚呼鄙夷亦多詐哉二十一年之征則以安南道叫不果語在安南事中至元十五年左丞唆都以宋平因遣人至占城還言其王失里咱牙信合八剌麻哈迭瓦有内附意奏之詔降虎符授榮祿大夫封占城郡王十六年十二月遣兵部侍郎教化迪總管孟慶元萬戶孫勝夫與唆都使占城諭其王入朝十七年二月占城國王保寶旦拏囉耶邛南該占把地羅耶遣使貢方物奉表降十九年十月征占城初朝廷以占城國主孛由補剌者吾曩歲遣使來廷稱臣内屬謂其誠服遂命左丞唆都等就其地立省以撫安之旣而其子補的專國負固弗率

萬戶何子志千戶皇甫傑使暹國宣慰使尤永賢亞闌等使馬八兒國舟經占城海道皆被執故征之上曰老王無罪逆令者乃其子與一蠻人耳苟獲此兩人百姓當依曹彬故事不戮一人十一月占城行省官率兵自廣州航海二十九日師次占城港港口北連海旁有小港五通其國大州東南止山西旁木城官軍依海岸屯駐占城兵自三十日爲始治本城四面約二十餘里起樓棚立回回三梢砲百餘座又木城西十里建行宮孛魯補剌者吾親率大兵屯守應援行省遣都鎭撫李天祐總把賈甫招之士往終不服十二月十八日占城貼書刻期請戰二十年正月行省傳令軍中以十五日夜半發船攻城至期分遣瓊州安撫使陳中達總管劉金把栗全以兵一千六百人總由水路攻木城北面總把張斌百戶趙達以三百人攻東面沙觜省官二千人分二道攻南面舟行至天明泊岸爲風濤所碎者十七八賊開木城南門建旗鼓出萬餘人乘象者數十亦分三隊迎敵矢石交下自卯至午賊敗北官軍入木城復與東北二軍

合擊之殺溺死名數千人守城供餉餽者數萬人悉潰散國主棄行宫殺倉廩殺永賢亞闌等與其臣逃入山十七日整兵攻大州十九日國主使報荅者來求降二十日兵至大州東南遣報荅者回許其降免罪二十一日入大州尋又遣博思兀魯班者來言奉王命來降國王太子後當自來行省傳檄名之我師復駐城外二十三日遣其舅寶禿魯花等三十餘人奉國主信物雜布二百疋大銀三定小銀五十七定碎銀一甕爲贄歸款又獻金葉九節標鎗曰國主欲來病未能進先使持其鎗來以見誠意長子補的期三日請見省官却其物病脫禿花曰不受是薄之也行省度不可却姑令收置聽候上聞二十九日寶脫禿花復令其主第四子利世麻八都八德剌第五子利世印德剌來見且言先有兵十萬故求戰今皆敗散鬭敗兵言補的被傷已死國主頰中箭今小愈愧懼未能見也故先遣二子來議赴闕進見之事來省官疑其非真子不之質聽其還諭國主早降且以問疾爲辭遣千戶林子全總把李德堅栗全偕往覘之二

十日二子在途先歸子全等入山兩程國主遣人來
拒不果見寳脫禿花謂子全曰國主遷延不肯出降
今反揚言欲殺我可歸告省官來則來不來我當執
以往見子全等回營是日又殺何子智皇甫傑等百
餘人二月八日寳脫禿花又至自言吾祖父伯叔前
皆爲國主至吾兄今孛由補剌者吾殺而奪其位斬
我左右二大指我實銜之願禽孛由補剌者吾補德
父子及太拔撒機兒以獻請給大元服色行省賜衣
冠撫諭以行十三日居古城唐人曾延等來言國主
逃于大州西北鴉候山聚兵三千餘并招集他郡兵
未至百日將與官軍交戰懼唐人泄其事將盡殺之
延等覺而逃來十五日寳脫禿花偕宰相保孫達兒
及撒及等五十來降行省官引曾延等見寳脫禿花
詰之曰延等姦細人也請繫縲之國主軍皆潰散安
敢復戰又言今未附州郡凡十二處毎州遣一人招
之舊州水路乞行省與陳安撫及寳脫禿花各遣一
人乘舟招諭攻取陸路則乞行省官陳安撫與已往禽
者國主補的及攻其城行省猶信其言調兵一千屯

半山塔遣子全德堅領軍百人與寶脫禿花同赴大州進討約有急則報半山軍子全等北至城西寶脫禿花背約開行自北門乘象遁入山官軍獲諜者曰國主實在鴉候山立砦聚兵約二萬餘遣使交趾真臘闍婆等國借兵及徵兵多龍舊州等軍未至十六日遣萬戶張顒等領兵赴國主所棲之境十九日顒木近木城二十里賊浚濠塹拒以大木我軍斬刈超距奮擊破其二千餘衆轉戰至木城下山林阻隘不能進賊旁出截歸路軍皆殊死戰遂得解還營行省遂整軍聚糧刱木城遣總管劉金千戶劉涓岳榮守禦三月六日唆都領軍回十五日江淮省所遣助唆都軍萬戶忽都虎等至占城唆都舊制行省舒眉蓮港見營舍燒盡始知官軍已回二十日忽都忽令百戶陳奎招其國主來降二十七日占城主遣陳通事若來稱納降忽都忽等諭令其父子奉表進獻國主遣文勞邛大巴南等來稱唆都除蕩國貧無進物來年多備禮物令嫡子入朝四月十二日國主令其孫濟目理勒蟄文勞邛大巴南等奉表歸款二十一年

命平章阿里海牙奉鎮南王脫歡
發兵假道交趾伐占城不果進

海外諸蕃

海外諸蕃見於征伐者惟爪哇之役爲大會三行省兵二萬設左右軍都元帥府二征行上萬戶府四發舟千般賫鈔四萬定賫一年糧降虎符十金符四十銀符百金衣段百端備賞徃返八閱月爪哇降而復叛伐葛郎得其妻子官屬百餘人而還其餘遜苔流求三嶼俱藍馬八兒那旺蘇木都剌蘇木達也里可温木速蠻須門那僧急里南無力馬闌丹丁呵兒來

來急闌亦台進麻里子兒阿昔之屬又皆瑣瑣者共至也或遣使招來或遥入貢不皆以兵下

爪哇

至元二十九年二月八日詔福建行省授亦黑迷失使弼高興爲平章政事征爪哇軍二萬海舟千艘給一年糧二十五日亦黑迷失等陛辭上曰卿等至爪哇明告其國軍民朝廷初與爪哇通使往來交好後刺詔使孟右丞之面以此進討九月軍會慶元弼亦黑迷失領省事赴泉州興率軍輜自慶元登舟涉海十一月福建江西湖廣三省軍會泉州十二月十四日自後渚啓行三十年正月十八日至拘攔山議方畧二月六日亦黑迷失孫參政先領本省幕官并招諭爪哇等處宣慰司官曲海牙楊梓全忠祖萬戶張塔剌赤等五百餘人船十艘往招諭議定後七日大軍繼進于吉利門相候十三日弼興進至爪哇之杜

並定與亦黑迷失等議分軍下岸水陸並進弼與孫參政帥都元帥那海萬戶寧居仁等水軍自杜並足由戎牙路港口至八節澗與與亦黑迷失都元帥鄭鎮國萬戶脫歡等馬步軍自杜並足陸行以萬戶申元為前鋒遣副元帥土虎登哥萬戶褚懷遠李忠等乘鑽風般由戎牙路於麻喏巴歇浮梁前進赴八節澗期會二十一日招諭爪哇宣撫司言爪哇王土罕必闍耶舉國納降土罕必闍耶不能離軍先令楊梓甘州不花全忠祖引其宰相昔剌難答吒耶等五十餘人迎三月一日會軍八節澗澗上接杜馬班王府下通莆奔大海乃爪哇咽喉必爭之地又其謀臣希寧官沿河泊舟觀望成敗再三招諭不降行省於澗邊設偃月營留萬戶王天祥守河津土虎登哥李忠等領水軍鄭鎮國省都鎮撫倫信等領馬步軍隨省水陸並進希寧官懼棄般宵遁獲鬼頭大般百餘艘令那海居仁萬戶鄭珪高德誠張受等鎮八節澗海口大軍方進土罕必闍耶使來告葛郎王追殺至麻喏巴歇請官軍捄援亦黑迷失張參政先往安慰土

罕必闍耶鄭鎮國引軍赴章孤接援興進至麻喏巴歇却稱葛郎兵未知遠近興回八節澗亦黑迷失尋報賊兵今夜當至召興赴麻喏巴歇七日葛郎兵三路攻土罕必闍耶八日亦黑迷失孫參政率萬戶李明迎賊於西南不遇興與脫歡由東南路與賊戰殺數百人餘奔潰山谷午時西南路賊又至興再戰至晡又敗之十五日分軍三道伐葛郎期十九日會荅哈聽跑聲接戰土虎登哥井水軍泝可而上亦黑迷失等由西南興等自東道進土罕必闍耶軍繼其後十九日至荅哈葛郎國主以兵十餘萬交戰自卯至未連三戰賊敗奔潰擁八河死者數萬人殺五千餘級國主入內城拒守官軍圍之且招其降戌時國主哈只葛當出降撫諭令還四月二日遣土罕必闍耶還其地具入貢禮以萬戶捏只不丁甘州不花率兵二百護送十九日土罕必闍耶背叛逃去留軍拒戰捏只不丁甘州不花省掾馮祥皆遇害二十四日軍還得哈只葛當妻子官屬百餘人及地圖戶籍所上金字表

平倒剌沙

天曆元年九月壬申今上皇帝卽大位詔天下其節文曰洪惟我太祖皇帝肇造區夏世祖皇帝混一海宇爰立定制以一統緖宗親各授分地勿敢妄生覬覦此不易之成規萬世所共守者也世祖皇帝之後成宗皇帝武宗皇帝仁宗皇帝英宗皇帝以公天下之心以次相傳宗王貴戚咸遵祖訓至於晉邸具有盟書願守藩服而與賊臣帖失也先帖木兒等潛通陰謀冒干寶位使英皇不幸罹于大故朕兄弟播越

南北備歷艱險臨御之事豈獲與聞朕以叔父之故
順承惟謹于今六年災異迭見權臣倒剌沙兀伯都
剌等專擅自用疏遠勳舊廢棄忠良變亂祖宗法度
空府庫以私其黨類大行上賞利於立幼顯握國柄
用成其姦明詔既下於是倒剌沙之罪暴於縣宇中
外同心奮勇敵愾卒致乾坤清夷歸璽神聖宗社尊
安四海樂業是編自八月甲申令太師中書右丞相
臣燕帖木兒舉義至十月庚戌齊王臣月魯帖木兒
奉上寶璽大臣奏散還諸軍以至倒剌沙棄市三閱

月之間致天下晏然者悉具簡冊焉

招捕

眞聖樹業中天下以家宅天武不涉斯生蘖芽要荒四履六詔最遐閩廣播思兩江海捱遼雷江右嶺蜀木波番分龍盧自此下皆一字種名黎別生熟獞爨驃蒲傜芒僰婼賒切人落落顧顧綿綿羅羅此疊字名綿綿則村名用以足句羅羅羅羅斯白衣金齒漆頭花角八百媳御七十閩閣音奢此以也其服飾及所有爲種名者八百媳婦七十城門皆國名甸砦圍洞箐柵墟畬岜盤川厓激馱箊嶺山經匣究堅亥斯差此下一字地名也廣

璠繚慶甸名兼我凍斜州名白幇上束園名齒判粘四村名頫討淥在影雷窖瓢木茶洞名睢暇之州洒涌之社琅謅之譚噥聳之坡此下皆二字地名此其尤奇者也肥昌尨農獲架必迦苴善抽俸矣比枯柯車里烏撒蹉泥窩散毛爛土雍眞淥沓林背嶺豚那結都渦杜望杜暮白定白奪大踼青特筍連豕鶩赤珊藍寒嵬骨果黟猙猛羗省膽串昔霞曰九層際此下三字地名曰新而元曰伽矣傑曰百眼佐曰水手浪曰上落麽師宗彌勒此下四字地名阿厄必斛一奚卜薛阿白出麻獏狿犵狫八郎篤公吸刺

谿曈客客昔多夷生其中自爲雄夸火頭大老（此下皆酋
長位名）把事希古軍火營主山主尊長族種謬悠氏名
聱牙提呂摩耳（此下二字人名）匐思阿不雄挫渾弄矣豆者
哦雙茉拜法的并苔麪个忙尼鳫莽占居些谷納剌
構阿葵胡弄夯采只驗娘報竹哥細麥嬰上亞浪落
麼蒙毧空弟羅勾非白阿氈臥踏委界勾巴合彪鮮
的官兜心拙瓦英厭薛甲古阿娥若過生琮（此下三字是人
名）大希婆若夢兀仲若渾乞灑若約薛要若阿懕爪
若卜制頭若閉羅匵若天稚猱若思蓬怯若勸權吉

若黃公麥若獨然堋若大河沙必乖豆來此下四字人名蒲雪韋吠麻納布昌玉不廉古六分靳斤蘆崩信備荅昃什用喉社句耶山公氏眞此下四句著夷姓異的傍系猫古綴泒盤窮腸譜陀貞公猫的傍盤古綴陀窮腸健婦作配匪婉娩娃阿衣納衣此下二字婦人名折射折利阿初虵節攬陶蘇他有忙葛農此下三字婦人名有梳巒塔有南貢弄率蒸報窋嫛上於加切下苦加切韵釋女作姿態貌今中原方言爲婦人很惡之稱融結之左生息之野風氣不淑習俗異華故雖橫目以生悉獷黠奇衺不有天彝國憲謂何骨肉睚眦鬩爭紛挐重

譯之言䮄舌譇詉（上涉加切 下文加切）喜人怒獸含戴則邪製衣不領不巾以靴裂綵纏髀推結髮參起居佩刀少忤輒（地名）相加或嘯徒復讐蠻觸閧蝸或出犯徼地為王民孽痾焚劫公私脆囚拲枷邊吏捕之則螳蜋奮斧以禦車標槍批竹矢毒如蛇敗則各鳥鳥散入險阻隈阿貢鋤坐草軍圈戶椽木狀盂續魚糧蚆（俗作䝱）鎈（自貢鋤以下 事詳見後）禽獸畜之朝不見譴訶或畧誅弗薙獮以兵戈革面而來覊縻撫錫賚冠服銅印青綸粵若妖民造異興訛妄竊位號自投網罝黃華猘狂黎德

蛟譁六十鳴梟五九跳鼂聖許萬頃鎮龍郎達圓明廣德細春可用魚鼎紀號鼠穴正衙劉六十蔡五九黃聖許李萬頃楊鎮龍韋郎達黃廣德丘細春杜可用圓明和尚皆嘗僭號改元建朝殿懸闕牌事亦見于後坐止其身族鄙宥赦叶平聲惻不盡戮視同殺般於乎我元王政頗文柔武競互出兼施叶陳何切威聲其訇流澤滂沱會粹諸畢爲招捕之科

雲南

至元十三年正月羅訇甸官禾者阿禾必紹降十月雲南省調蒙古爨僰諸軍征白衣和泥一百九砦土官匍思叛溪等七溪等降得戶四萬又攻金齒落落廣甸瑶甸殺掠甚多又攻斜烏蒙禿老蠻高州筠連等州十九處烏蒙阿謀歸舊侵藤串縣地是月與安南鄰者七十城門國主苔公遣其人名摩耳者來乞降又提呂提邦兩部來降飢行省發廩賑

之未幾提呂子達量爲提索所僉行省給榜招提索
及使釋達量提索聽命二十三年蒙乃土官長子紿
昔其鄰境土官弗里皮弗里皮之婿也蒙乃不以位與長子
而與次子弗里皮與紿昔同出討之朝廷降旨諭弗
里皮如得蒙乃地許令其婿統之是歲又征縹甸大
部馬二十四年十月木龍蠻奴他謀告阿勒沙村阿
加之子明日引軍殺死凹村頭目剌些雲南省下麗
江路軍民宣撫司明日出見雲南王免其罪是年雲
南右丞愛魯以蒙古軍一千師宗孫勒寸白軍一千
農士富民丁三千征緬摩蠻者我滅鉄赤必匝尋出
降三十年八月雲南省征習普蠻阿浪普龍華札山
些賊土官生皆破之火頭葦逃者追普安路管步木
普丁府峼峨頭目矣豆等賫榜招出是歲七十城門
蠻密察挾仇殺掠大甸土官阿鄰繼遣其弟年平來
倰阿鄰逃入臨安路納樓建水城避之行省不能救
又參省阿叔招捕花角蠻蠻恃險率衆拒敵殺令史
一人裨將十五人元貞元年九月習普馬兒等犯邉
雲南省招出習普朓昌等八砦蠻及馬兒部不舊解

舊龍二砦蠻官的井的井的探等有必乖豆來者不肯降殺的井從者二人的井等懼不敢出官二年九月蒙光路軍民總管荅麪乞藍的頭目荅刺吉厐農開陽兩寨自來不曾投降雲南省差道奴攻破之十一月車里蠻軍弄與兵占奪甸砦十又三所結搆八百媳婦蠻欲攻倒龍等雲南省遣兵招捕大德元年十二月雲南省參政忽速剌攻破花角蠻等寨其酋長韋郎遁走初廣南西道宣慰使兼知特磨道事農士富上言安寧州沈法昔招引唐興州黄夢祥深碎縣林言與花角蠻圍士富所居殺掠奪虎符執其子信以去又攻其峩州臨岸百姓既而又言夢祥結睢暇州岑聽引歸仁州歸洛州上降州利州軍四千人燒劫羅佐州官農郎生所轄那閟村及那寡州南村魯谷村付州州那羅村又奪其那環射隘剥笋羅波射布那哈那等十村行省覘知花角蠻去特磨四日程安寧州七日程唐興州睢暇州皆八日程十月三日忽速刺進討十二月七日過昔陽江經杜箐九日至花角蠻木葦砦破之十二日攻其正砦第一門賊敗奪門

蓋其砦十二重也十四日分九道進攻自辰鏖戰節次攻破其門日暮入砦賊散走蠻酋韋郎達不知所在韋郎自國家開拓以來不曾降附至元二十七年阿叔招之不服迎敵官軍失利以此狂縱僭稱大號以妹夫郎滿爲平章其餘有萬戶等官至是始敗尋又破其卒羅磨誐獲架哥雅木算等砦招出韋郎達婦翁繼村火頭普及把事希古竹幹哥雅砦火頭郎滿及其弟郎狀郎滿韋郎達之婿也稱韋郎達就陣中傷敗走不知存亡又攻撒都砦其火頭郎圖希古郎甚出降及羅共砦火頭統幹希古都鷄韋郎達弟韋郎動子韋郎應把事希古通幹知幹不弄砦火頭郎勤皆出降移軍攻安寧州沈法昔降移攻夢祥敗之棄砦走七年春永寧路阿永蠻雄挫反初雲南四川陝西湖廣四省會兵討順元羅鬼烏撒烏蒙東川芒部叛雄蠻挫匿順元蛇節賊黨阿氈及其妻折躬折利并芒部蠻納郎弟卧踏事覺遂與把事阿都阿牟等以二月二十一日於赤水何作亂殺永寧府判官常珪行省宣使南家台千戶卜速魯拒暮睥闗三

月一日官軍過關蠻拒戰阿都死獲其金裹甲鍍于槍賊退走自是連日轉戰自暮暉至普市關九戰殺蠻三百餘破海落越寨二洞阿牟亦死行省以天熱班師拒其魚槽長寧軍梅嶺等關聞于朝以為雄挫東接羅鬼西鄰芒部南近烏撒姻親相結滋蔓力強合以十月初雲南省軍進入暮暉湖廣軍自播州打鼓寨會寧鎮進入蠻地蘭州四川省軍自魚槽長寧進討十一月一日會于赤水河雄挫巢先從之閏五月軍中遣永寧同知蔡閏行省左右司員外郎撒班赤等招雄挫雄挫遣阿加阿抱出降稱病不出又令其屬委界入朝宰相奏雄挫不至乞再伐之雄挫乞以十二月八日徇日出見八年五月赴闕原其罪仍充土官還九年羅雄州軍火主阿邦龍少麻納布昌結廣西路豆溫阿匡普安路營主普勒下軍火頭阿只阿為及亦左鄉阿甫等叛燒他羅迷驛左謗軍火主有軍三圈子普安路有軍六圈子降旨招諭仍督兵進討阿邦龍少拒遠雄山官軍進攻虜阿那勇古苔等阿非阿摟阿邦龍少子龍豆智降豆溫賊阿

匡與弟阿思火頭者哇亦降連戰敗之獲阿邦龍少
追麻納布昌不得十一作阿迷土官日苴火頭抽首
領落落軍劫僰人奪官馬以叛又納樓茶甸土官師
禾希古阿夷落圭阿立甸必信怪齒村火頭阿則判
村火頭阿提納墳村火頭身和苴善村火頭阿次虧
抽俸村村火頭雙芜嵩村火頭咱休菁笠鄉火頭阿豆
加矣傑村火頭阿主矣北村火頭抽皆床村火頭遮
奴元江路日納村火頭个忙忙部火頭虧抽維摩州
上官者歐茅者文大布婆等並起應之官軍尋皆討
定至大元年敎合三部步少來龍呰火頭漸恐等反
遣本部達魯花赤阿魯招諭不服賊黨荅掛殺阿里
官軍破其巢斬漸恐荅掛梟其首延祐七年七月花
角蠻章郎達糾合五十三村山獠起兵萬餘劫阿用
村呼其人曰爾急來降我即退兵爾之皇帝甚遠我
亦作帝甚近若不降我必爾呰火頭農郎勝寺降賊
行省遣官招諭九月永寧路曲村頭目和儀等擅兵
劫掠殺渠津州吏目李榮貴奪罠渠州同知莿牒行
省遣官招諭至治元年十月八日罠渠州知州剌俄

殺其兄剌初癸丑歲剌秋祖剌都降附雲南行省定立州縣令剌秋父剌陶作土官充良渠州知州後剌秋伯父剌落襲職尋爲火頭木落所殺剌落子剌定幼小依其舅于合住居綿綿村因持剌陶剌落宣命及州印以去剌俄謂已當襲職二次訴于雲南省捕于合剌定不獲剌俄以計誘剌秋赴破寺村潛于道彎弓射之中左目墜馬又斫左額一刀剌秋死俄集衆依摩些俗殺馬牛各一焚剌秋屍明日逼其嫂梳蠻塔爲妻及占奪剌秋所部百姓梳蠻塔父剌資求取其女剌俄欲殺之剌資懼逃去栢興府二年正月二十八日剌俄兄剌定自綿綿村與于合起兵奪剌俄剌地和山砦剌我糾合頭目子首居步等合兵射死剌定復奪砦本州官往招之剌俄拒砦遥謂曰父祖宣命俱在于合處又藏印不與爾客官行用我兄弟自相仇殺爭奪山砦不關爾番漢官事梳蠻塔係我嫂我殺兄剌定剌秋故以嫂爲妻我出官爾欲何說再三招諭不敢出官行省乞以一千人討之樞密院不聽咨本省招諭二十年四月馬龍鄉蠻普萬作

亂初普萬爻哥祛馬龍他郎甸人也任普日思摩甸長官致仕長男普奴承麿爻子皆居木用村普萬乃次子憤不得立與哥祛婿抽丑孫婿阿運結蒙古逃軍白夷顧顧等人攻燒木用甸甸民獲哥祛逃出普萬殺哥哥祛弟阿笠弟子阿占婿可當等劫掠百姓求哥祛欲殺之行省委官招諭○十二月蒙化州蘭神塲落落磨察火頭過生琮結慶甸蒲火頭阿你通起蒲軍二千五百磨察軍五百結鎮南州定遠縣當布戶討羅黑加等殺九十九人虜男女百餘人行省招諭○泰定二年開南州阿都剌火頭大阿哀引車理陶剌孟等萬餘人圍剌砦攻破十四處木邦路土官八廟等領白衣軍攻破倒八漢砦朝廷遣斡尔端等持招招大小車里居里寒賽子尼厖構木子刀零出降

大理金齒

至元七年征金齒驃國五部未降者破其二部餘三百酋長阿匿福勤丁阿匿瓜降獻馬象二十四年金齒孟定甸官俺嫂孟纏甸官阿受夫魯砦官木拜共率民二萬五千來降又林塲蒲人阿禮阿憐叔阿郎及阿蒙子雄黑皆爲行省

招出阿禮歲承差發鉄鋤六百雄黒布三百疋二十九年本忽甸土官忽都馬遣其子阿魯進金索鱗膽氈衣虎豹皮詣闕朝見三十年正月遣使持詔詔淶頭金齒○延祐五年永昌南窩蒲賊阿都衆阿艮等作亂燒劫百姓殺鎮將奪驛馬雲南省遣參政汪中奉右丞朶尔只討之自八月至明年五月破其寨栅殺人甚衆賊走入菁阿樓艮降餘不可得以天熱回軍其枯柯甸桔甸慶甸等皆降願歲納𧴣千索○至治元年七月怒謀甸主管故侵芒施路魯來等砦燒百四十一村殺提控按牘一人有司奉詔書開讀招諭管故不跪聽亦不出降二年鎮西路大甸火頭阿吾與三陣作亂奪不領雷弄二砦初三陣父阿蘭爲鎮西總管叛要斬其弟你谷南赴闕貢獻得襲職你谷南死子解朶襲位三陣使少頭倒緬招思二人見解求朶少土地人民不予遂投阿吾訴之共作亂詔使往諭迎至一樓上樓下周圍懸人首聽詔畢阿吾怒曰反陣吾孫也吾破不嶺寨殺傷甚衆虜五十人破雷弄甸燒四百餘戸管別砦懼而降我我遷其民

二百五十家于我弟拜法呰中不覊虜人所其族各以銀三兩贖一人盡贖去訖今官招諭我終不出亦不愛衙所奪地亦不回付須與之相殺南甸路木甸火頭解院先奪羅左甸火頭阿賽妻阿衣爲妻取之不肯與又奪阿賽弟莽占妻納衣妻其子阿你阿賽怒使莽古領兵三百遣奪其妻不得燒解院呰

羅羅斯

至元十五年定昌路總管谷納叛還入八只巴呰爲賊八剌即安古馬楊古剌乞剌蒲等皆應之毀橋梁取倉粟奪驛馬及屯田牛明年官軍擊谷斬通

車里

大德二年三月小車里結八百媳婦爲亂經時不下數遣使奉詔招之不聽命延祐三年車里兀竹魯侵阿尼必解呰阿白出麻呰燒劫又罕旺及其弟胡念弟愛俄等侵銀沙羅甸兀里鹽井陪日女具落索等甸劫民財嚇取官所徵差發使招遣降遣白衣阿愛詐爲已子出官劫掠如故既而愛俄死其兄弟子侄罕塞昭愛剌搆木力夢兀仲等五人分黨爭愛俄位相殺久之遣火頭郭力看賫象牙一金信花一來降

烏撒烏蒙東川芒

部大德五年右丞劉深奉命征八百媳婦徵順元遞
運人馬土官宋隆濟蛇節等拒命作亂朝廷起湖
廣湖南四川三省兵與田楊二氏軍馬會雲南省兵
收捕于是烏撒土官宣慰使普利總管那由與東川
芒部乘釁俱叛其接羅羅斯及武定威楚曲靖仁德
普安臨安廣西諸土族皆以朝廷遠征供輸煩勞爲
辭携貳反形已具軍里白衣八里日等殺掠普騰江
尾二甸奪麥亢忙龍二砦燒忙陽等二十四砦楊吉
我與呂也構思麻部日共議渾候連漠桑軍來攻普
騰砦柵二月五日梁王出駐陸梁州六日烏撒蠻阿
都普信及烏蒙蠻阿貴阿察都等殺掠皇太后及梁
王位下人畜十一日却芒部官吏商旅貨財烏撒宣
慰使僧家奴迯入中慶十五日東川土官阿葵烏撒
迯來陸梁州依梁王城阿車阿苗分軍二道欲執宣
慰使阿忽台約日由落吉渡口會阿乃普吉烏蒙軍
先攻阿都百姓次攻逢昌燒烏蒙總管廨舍十七日
烏撒蠻犯曲靖霑益州燒蕩坦驛殺掠駐兵闕渡橋
二十日烏撒烏蒙東川馬湖四族聚衆四千復起羅

羅斯軍渡金沙江刻日攻建昌三月六日賊逼雅州邛部州甚急陜西省遣右丞脫歡禦之八日奉旨也速解兒充陜西省平章政事汪阿塔赤充參知政事也速忽都魯充湖廣參政與平章劉二拔都等進征叛蠻濶里吉思爲湖廣平章與左丞散竹解陜西楊參政給軍凡有軍事聽也速解兒劉二拔都兩人節制與小有增損軍馬支結錢糧並便宜行事四月二日亦由普利逼烏撒烏蒙宣慰使兼管軍萬戶阿都合弃城去時陜西調軍二千人會合收捕三百人守播州小溪以遏烏撒蠻充斥之路雲南省調軍三千人屯陸梁州五百人駐西曲靖東望水西一千人於霑益州棱烏撒地要害鎮守二千人護中慶而梁王又有兵五千人劉二拔都劉深田楊等兵方捕斬順元叛蠻未能會合也速解兒與雲南兵共進悉次第討平之

八百媳婦

大德元年八百媳婦國與胡弄攻胡倫又侵緬國車里告急命雲南省以二千或三千人往救二年與八百媳婦國爲小車里胡弄所誘以兵五萬與夢胡龍甸土官及大車里胡

念之子漢綱爭地相殺又令其部曲混于以十萬人
侵蒙樣等雲南省乞以二萬人征之四年梁王上言
請自討賊朝議調湖廣江西河南陝西浙江五省軍
二萬人命前荆湖占城行省左丞劉深等率以征既
而道經順元土官宋隆濟作亂道路不通官軍死傷
深領軍回不果征至大四年雲南省言八百媳婦大
小車里作亂蒲蠻阿婁銀僭平章都元帥七十城門
土官緬察犯臨安建水普定路土官的謀害遷調官
吏似此蜂起數年不息乞進討朝廷命賚詔召之皇
慶二年雲南省命斛難甸達魯花赤法忽剌丁等領
元招出八百媳婦部曲乃愛乃溫官哀官吾恰尼哀
當吾化兒阿吾阿散阿哀等往其地延祐元年正月
至其境木肯寨其蠻酋渾乞濫妻南貢弄使火頭乃
要弄來迎詔至砦立柵圍使者問來故荅之又曰賚
來聖旨有何說使砦言宋開讀不敢言俟見渾乞溫
言之乃要還報既又來致南貢弄之言曰使臣有何
說可告我前此使者止至我砦即回法忽剌丁等不
可二月十三日渾乞濫男南通來見使者言行省先

遣胡知事招尔等尔等遣乃愛等出降故聖旨令遣我輩來詔尔父子南通曰我等非降也胡知事言尔朝廷地闊軍多故使家中一二人從胡知事往觀之耳明日南通遣乃要來言胡知事來時時我衣服鞍馬今尔等所有馬可盡牽來言訖一與牽去明日又來取去衣服既而渾乞濫遣火頭南忩來曰可令使臣來見我三月十七日法忽剌丁等至合三砦與軍乞濫相見宣詔明日渾乞濫令使者送其子南通往孟范甸把邊可就觀我地境使者不從曰若不覲我地土歸朝何以復命使者從之至孟范別有生蠻比要與南叔父力乞倫來侵南通言使者不可不助我使者從南通至木丙山拒敵比要聞有詔使遂退還至孟范使者欲返南通曰天熱水漲秋涼令尔回入月終始得出九月四日至渾乞濫砦渾乞濫手書白夷字奏章獻二象令其部曲渾乞漏渾八剌我董賽愛章闌等隨使者赴闕

八番順元諸蠻

又名一奚不薛至元十五年羅殿國主羅阿察河中府方蕃主韋昌盛皆納土來降十六年三月西

南八番等國卧龍蕃主龍昌寧大龍蕃主龍延三小
龍蕃主龍延萬武盛軍蕃主程延隨過蠻軍蕃主龍
羅篤太平蕃主石延興永盛軍蕃土洪延暢靜海軍
盧蕃蕃主盧延陵皆來降其部曲有龍文貌龍章珍黄
延顯盧盧文錦龍延細延回龍四海龍助法龍才零龍
文求等朝廷立八番宣慰使司司官赴鎮十一月凵
一日至新添遣千戸張旺招羅民國惟貿宗一寨投
降餘皆迎敵旺殺散二十七日至羅崩寨賊又連日
與總管王采戰皆披甲戴紅氈帽采遇害二十九日
又戰于大吴十二月一日司官至番中呼集土番主
以四日集卧龍番受宣命至期俱來惟盧番諸盧延
陵爲羅氏國主阿察引軍至大吴西胡迷使趙木納
來執去我肯令出降阿察初已納款後與鬼國結婚
鬼國言不未降尔柰何先降羅氏遂敗虎符以叛羅
氏又名羅殿事聞十七年四川蠻呂告部主阿濟上
言乞招阿察從之既而命南省及雲南四川進討八
月二十九日阿察遣阿怍阿麻二人至四川諸蠻夷
部宣慰使司自言無及意但雲南平章聽我佻人烏

鎖納之言織羅我罪朝廷不知我今赴闕聽聖裁雲南左丞愛魯四川都元帥也速解兒與南省期以十一月十五日會一奚卜薛至期南省軍不至愛魯與阿察戰也速解兒命萬戸彭天祥藥剌海帖木兒脫歡分三道攻會寧關一奚卜薛遣其部落阿侯拒戰敗逃入山箐亦奚卜薛奔鵰飛砦阿察走大寧愛魯等進兵也速解兒曰賊已離巢穴今發烏撒播州及南省近地兵足以勦除我等可回不然曠日持久糧乏瘴起不便事聞上命藥剌海以天人守其地久之賊窮困以二十年二月八日納款二十九年二月一日降詔招懷溪洞蠻夷曰中書省奏金竹知府滕臘言先奉聖旨招諭平伐山齊砦主諱薛約定奪今有居幾地面百眼左阿吉谷各當各迪等自以外荒久欲內附乞頒聖旨庸許自新朕嘉其誠遂俞所奏令諭爾衆咸聽朕言惟爾鄰封率多臣服自畨方而入貢尋萬國以來庭南順丹州北懷金竹陳蒙爛土頃已向風新添葛蠻久皆欵化咸膺寶命乃佩金符賞賚有加官守如故爾等如能率衆效順同仁一視尚

尔迷之或是伊戚之自貽勉思轉禍之言當體好生之意元貞二年六月平伐鄰戒平珠瀘洞砦主王二原謝雞雞公韋巴郎楊義等十八處等官來雲南省告降行省差官入洞撫諭至大德元年四月平珠洞宿家沙家二族賫進呈禮物出洞道經其憐蠻新添葛蠻宋氏之村頭水底砦宋氏怒二族不由已以降乃遣土都雲長官落昌率衆邀道奪進物二族逃散破劫韋巴郎砦五月宋氏復令平浪巡檢歐陽濯龍與其下大洞李巴林竹哥等率木栳六十餘人劫平珠洞蠻官足萬金婆南大砦柵逼使背雲南之招從已求降不從濯龍掠去足萬金從人足萬雷等及進獻方物此行實招到平林獨山州摇和洞唐開珠羅等處八百四十四砦民五萬餘朝廷立長官司以統之而以蠻婦阿初充長官大德二年四月八番桑柘蠻王二萬馬蟲等叛殺巡檢三萬尋出降馬虫走他所聚七千餘人陷平包砦圍重興砦又與叛猫犵狫必際等蠻結連麗槐丫江等處猫人作亂三年命湖廣平章劉某征之四年正月猫桑柘遣所部文何持

竹埶長力及方物來降潘州宣慰司以爲蠻苟逃竄殄然亦須招安旣而黄平府亦上言桑柘附近之重奥必際都陣犵猪必梅等二十二砦刻契來降七月桑柘蠻及思官賊栴金匣播州楊金萬必梅砦主娘報等三百餘砦皆降五年六月八番宣慰司言党兀自降至今八年不供賦役所部娘祖大盤小盤白定白藥等蠻先結連平伐蠻叛劫先宗砦圍吳卜弄砦射猫民阿羊金堪皆死官軍捕班夏潘家蠻党兀遮道助其拒敵今年正月又使板橋郎來重陂等砦猫燒劫百納砦宣慰司令馬上橋金竹府備之且以兵討之党兀年七十九老不能出遣其砦主的抝及子党砦的沙勇强砦的福三人出降的抝等又與其黨幼鬼砦主陳醒朱蓋砦主樓地之弟楊八小盤砦主騰香等共誓不叛至大二年三月八番蠻割和寨主合皺谷霞砦主洛驃剌客砦洛卜傷吾狂砦的搗谷浪砦只驗皆降請闕三年八番玩西猫蠻阿馬害作亂奏准捕之四年春阿馬與其降洛羅洛登各替及脅從蠻官卜刜頭之子哥暮出降至洛二年六月八番

蠻官閑羅蘭與其屬十嵓俟殺七月百眼佐等處蠻夷長官司言康佐皆主老康糾合谷聳皆主恰信等殺巡檢王忠拘長官洛邦又殺土官蒙卜郎作亂宣慰司發官兵冀土官敵通往討之三年正月八番呈開皆主韋光正等殺牛立天立盟歸降自言有地三千里九一八皆係暢黄五種人氏二萬一千五百餘房光一等二十三人領之願歲出土布二千五百疋為租入

宋隆濟　大德五年雍眞葛蠻土官宋隆濟叛初朝廷詞廣湖雲南兵二萬征八媳婦百蠻湖廣兵命左丞劉深等領之取道順元畨進入討人令南雲左丞月忽乃招答刺罕軍入境調用命新添葛蠻軍民宣慰司自瑯謝驛經平垻蠻峽至順元嚷聳等皆糾酌日程分六處安營備餽運丁夫馬匹俟月忽乃至點視而雍眞葛蠻乖西等部當出丁夫馬百四五月二十四日文書至隆濟乃言猶人犵狫謂官欲髠其髮印記面送軍三四年不返寧死不往雖就皆見殺可也以此觀之夫不可差同官雍眞總管府達魯花赤也里千日然則起尒宋氏盡行隆濟

曰吾往訴之宣慰司遂行六月十七日隆濟構木婁等族作亂其侄臘月宋六分斬斤等告也里千使爲備也里千遂避於底窩楊黃砦明日隆濟率臘月弟不奴部家童農解洛中段剌答洛忙中等納五百人攻楊黃燒砦雍眞總管觧舍臘月奴都保葛海又來報隆以濟一伙二天與阿昔長官爲號糾其同叛又有紫江賊助兵四千破楊黃砦也里千走掠去總管府印殺七里千奴阿麻妻忙葛農等是日龍骨長官阿都麻殺生祭鬼誓衆應隆濟亦謂官掬壯士黥面髠髮充軍或殺虜我家亦不可知寧死不離此土各負長刀赴亂二十日又脅底窩總管龍郎與古龍阿馬都所部不這羅鬼阿開阿嬌等犵狫抵阿解砦拒落邪劉佐長官司止十里聲言欲攻劉佐二十一日破底窩砦又欲攻隴兒砦於迷樂橋二十二日自貴州至新添界噥聳陂北至播州界刀項路及卜鄧加鶴鳴等站皆被笑劫又遣中火紫江篤猫脅巡檢倘答鄧同叛二十七日劫順元毋告之地官校擬進御見尋攻貴州殺散普定龍里守令軍燒官糧殺張知

州七月十日梁王下令湖廣雲南四川三省會兵討
捕八月雲南平章床兀兒遣人順元與賊戰數敗之殺
水西水東蠻俱叛床兀兒遣人招水西土官之妻蛇
節不出蠻人洛暮報云者阿泡言蛇節已反統青衣
破軍圍貴州甚急又有三家猫箐蠻坐草敵官軍敗之
十一月詔敵宋氏濟妄說驚擾事端糾合蛇節及羅鬼
酋長阿合女佗相扇作亂特遣湖廣行省平章政事
劉二拔都指揮使也先忽都魯率兵及思播宣慰賽
因不花等土兵與四川雲南省分道並進別勑梁王
提兵進討悔罪來歸者復其官爵能殺賊酋或禽獻
者賞執迷不悛勦除一切事宜並從劉二拔都等區
處十五日隆濟黨校曲旁等入貴州床兀兒掠得阿
容者言始因徵征八百媳婦人天馬匹亦奚卜薛之
子斐曰人馬不辦官鎖其項斐曰取忿與隆濟議糾
合阿八阿納許波泥帖等反烏撒總管那由言爾兵
若破貴州鴨池之事容易我將圖之遣其族阿雄阿
行頭佐助兵行省令土官普利買馬助軍普利稱軍
馬價不用貝非金不可覲望不肯道是月土官烏犀

叛行省討之敗走祿豐砦劫梁王位財貝六年正月官軍以隆濟九次攻圍貴州糧盡退還賊邀于花猫牛場二箐及長脚木猪截萬溪山沙木南箐鐵門關沙樹猶比箐殺傷甚衆掠去行裝文卷○江頭江尾和泥等二十四砦龍馮蹄一十八村皆叛二日一日四川宣慰使汪惟勤與湖廣平章會兵播州三月六日至打鼓砦南木瓜壩遇賊阿雒敗之九月十九日劉平章使土官俠者潛刺殺阿泡蛇節駐兵折刺危水以待官軍十月十七日劉平章殺敗蛇節乘船遁去陝西兵殺敗芒部叛蠻鬼厓納濟等與雲南湖廣軍合過泊飛關追蛇節七年正月二十六日劉平章至阿加砦追及蛇節二月一日出降其黨曲棒阿暮等四十餘人皆出三月三日領軍自必加廻程奉旨斬蛇節蛇節初叛地名蹉尋禽斬隆濟惟金竹賊月下卜蘭木逃去

廣西兩江

至元十三年知來安軍李惟屏知來安軍兼知濼州事岑從義降十五年田州上隆州下隆州武隆州兼州黄漢槐思恩州八中溫潤砦頻洞討洞淥洞在洞上下雷洞上下

影洞皆降十七年廣州海港賊霍公明蘇俄細麥嬰
上等害招討馬應麟捕斬之〇大德七年四月藤州
大任洞賊黃德寧殺人牛犬祭兵僭號造妖言劫掠
僞稱皇帝李龍神定國公皇佐丞相黃德寧立國公
皇羅榮開國飛童黃京夫主朝化民衙主黃汝妙六
部尚書潘國用六按尚書潘罡玉精光祿大夫兼管
生民殿前太尉彭元吉殿前引兵斬斫使莫道名都
統幹太師黃勸賊設醮筵門首橫寫大字牌曰建慶
賀新君登極太平道場醮筵呼萬歲又曰願我皇帝
早登九五之位四月九日以黑漆木椅作亭屋持兵
張旗幟鳴金鼓至巫烈山迎李龍神進銀慶賀德寧
家有大字黃紙位牌寫上祝新君李萬歲其曉民楊
示曰照會穹庭發下寶物付李皇帝掌握日後統九
五之位運半千之慶緣一六國皆已統成一天今李
皇編排得力得衙玉差一十[illegible]司及府領六百十四
軍州七千餘縣後安天之日[illegible]令衣冠圭簡靴帽袍
活杖玉璽計七事給付李皇[illegible]管今十分之民七分
不信三分須信五月輕差兵[illegible]十收不信中民一千之

數尚慮累及信民今發曉民榜一道付右蠻衙曉示
信民至日兵馬行令有詔者免罪無詔者定行誅戮
玉印朱文預先曉示故榜並令知悉九年四月日榜
封民倉帖云逆民禾倉定公封龍神又名萬頃德寧
與父璋信先曾叛逆出降有司謂其三代爲寇六次
叛伏今不可赦尋習捕獲伏誅入年都窩洞賊叛至
大二年常豐洞蠻大弟什用糾集洗王不鬼散毛等
洞蠻劫掠永寧之阿那禾砦延祐二年靖江古縣羅
蠻洞猺賊劫掠燒架閣庫文卷縱獄囚四年招出猺
人趙仆十七潘仆等殺獲石倉團侯重用及秀季嶺
頭團白團提江團淋背團領脉團等賊重用能祭雷
雨通陰陽七年十一月左州黄郎君劫掠淥查村至
治元年太平路賊趙郎陳叛屯粘村二年廣西宣慰
使燕牽言淫族非一生于深山窮谷者謂之生猺野
處巢居刀耕火種採山射獸以資口腹標槍藥弩動
輙殺人其雜處近民者曰熟猺稍知生理亦不出賦
又有撞猺則號爲兵官守隘通道于官有用自宋象
州王太守始募熟猺官供田牛以供此役至今因之

爲今之計莫若置熟猺與獞猺並爲獞戶分地遏賊爲便

黃聖許

至元二十九年閏六月知上思州黃聖許反聚二萬人斷道路結援交趾借兵攻邕州遣副樞密程鵬討之聖許戰敗率三十人逃入交趾既而復至邊地攻劫三十一年同知兩江宣慰司事楊兀魯台上言能不用兵招降聖許從之八月聖許劫幫團長山隘又與交趾與道王結婚未幾詔赦罪許自新行省差兀魯台赴賊黃令巢内開讀聖許經一月亦不出復以二萬人討之時賊屯上思州那苔柵三忒柵紙良柵石佛柵那結柵那次柵等砦楊兀魯台上言聖許兩招不出三月七日令子志寶同大小頭目一千餘人來言聖許曾對天陳誓不肯出官賷到降狀稱楊兀魯台賷聖旨來招豈不欣悅望北謝恩外聖許避畏誓不出願情投降當令兒孫頭目出官聖許還本州招集逃戶復業行省以聖許不出依前進討三月十九日聖許生日坐草房正廳紫羅盤領衫裹布金帶據銀交椅面上懸朱漆金字扁牌參賀人二呼萬歲明年正月聖許駐上牙六羅茅山

林既而兵敗自㨂半山走交趾亨村晚夢久之聞官
軍回復還由旁村至峙細潛居官軍約十月一日會
合進討聖許敗獲其妻女大德元年二月五日聖許
遣其子志寶賫狀赴廣西兩江道宣慰司出而赴闕
尋詔聖許朝京師聖許不肯挾志寶走交趾萬寧寨
志寶不聽逃回訴于官六年聖許復回故地居鳳凰
舊巢攻圍諾屯仙洞屯既而又使人來告降且乞還
其所虜之妾朝廷羈縻之延祐元年正月聖許陷忠
州殺黃知州等六年聖許族人黃萬山萬松壽攻古
能村戈村劫殺歸龍圖皮零洞至治三年聖許婿黃
縣官攻劫邕州渠樂
墟百姓逃避于鑾團

岑氏

元至十八年鎮安州鎮撫
岑毅反與特磨道農士貴
書曰設有達達軍馬來起差稅吾與爾皆一家之人
圖畧戰殺實不願作大元百姓於是放兵攻劫殺順
安知州李顯祖掠其小妻家財官軍討之出降火德
十一年左江來安路總管洞兵萬戶岑雄作亂殺其
侄世傑延祐七年來安總管岑世興反十二月十七
日燒田州上林縣那齊村明年二月殺懷德知州凌

順武奪州印又攻那帶縣世與尋出降稱洞溪事體與內郡不同自唐宋互相仇殺並不曾殺官軍侵省地廣西道又上言世與嘗殺兼州知州黃克仁分食其尸世與雄之子也

思播

至元十四年六月思州思景賢播州楊邦憲兩安撫使降邦憲在宋為牙牌節度使正任安遠軍承宣使左金吾衛上將軍知播州事御前雄威將軍都統制紹慶珍州南平安撫使節制屯駐鎮戍軍馬朝廷授以龍虎衛上將軍侍衛親軍都指揮使紹慶珍州南平等處沿邊宣撫使兼播州州管內安撫使佩虎符十六年春官軍平思州杜望杜暮河上茶林諸砦團桐木籠竹既而花犵伯同叛陷合水美嵒二砦至大元年七月思州言廣利白拿等處苗賊與公俄羊溪苗賊作亂伏白泥站劫人二年獨山州土官蒙天童款附蒙朝廷設獨山州峉洞木洞都雲等五處軍民司令天童乞徃招本州吼鄰未附者黎坡上團九黎九姓黎苟王剌南郭文下都雲等一千九百餘砦平伐生苗主只王等不在其數行省從之招到平堢三間地酋長羅宋備桑根

地砦主盧桑吳各解陳蒙爛土蠻官天程牙男天程保等桑林獨力長官亞浪男洛磨界牌貓砦主乞把上爛土砦主陳爛虫下爛土砦主劉國閏麻乃砦主貓的衙谷訖砦主貓青珪等以刀槍氊馬來獻延祐四年洛磨反初招附時洛磨稱病遣其子各里及大砦主都羅落能等赴省既而同降者楊銀延訴各里非其子乃奴子各午也至是侵水手浪等處至治二年四月播州上言招降洞蠻北心砦官盧崩信備大晏大關砦王安吉力上洛磨砦羅傲水洞入砦官黎海上錢廝亮大小茶架砦官黎桑皮歪盧客錢等

北海南

至元二十八年瓊州安撫使陳仲達上言乞招生熟二黎降旨許之招到本州生黎大踢小踢端趙麻山井四洞王氏平等出降皇慶二年黎賊王奴歐等反僞稱平章元帥立國設官焚劫百姓三年正月奴歐等降刻箭誓不復亂使之歸業然羅窶等處兵未散延祐二年十二月二十三日黎盜百餘人入橫州州永淳縣殺達魯花赤礫死民義村傷縣尉走賓州古辣村至治元年九月黎賊祀茶洞燒民

居二年七月黎人王火燒攻劫百姓捕獲其黨棠甚甘佛龍彭叟等火燒劫獄奪去又陷南偏洞砦殺夯

廣東

至元二十年九月廣東黎德區將軍聚十萬等人改元僭號殺居民陷城邑又增城縣蔡大老鍾大老唐大老皆應之據平康下里東團村等處官軍破之區將軍走藍鬢營官軍追燒之延祐三年三月德慶路猺蠻叛既而令山主五世祿山主李伯達招降圓麻山猺人盤郎梗盤古綴王窮陽等出官至治二年猺人何窮陽陀窮陽等降出月猺戲馮岳護犯新會縣西逦社

江西

至元十四年四月汀州長汀賊黃廣德自稱天下都大元帥刻都帥印又立爲天從廣德皇帝設銅將軍鐵將軍等號五月沙縣賊謝五十自稱擎天將軍尋皆平定十七年南康都昌縣杜可用反號杜聖人僞改萬乘元年自稱天王民間皆事天差變現火輪天王國王皇帝以譚天麟爲副天王都昌西山寺僧爲國師朝廷史弼討敗之命江西招討方文禽可用元貞二年七月贛州興國縣籠坑民劉六十名季撰妖言張僞榜及劉季天

旗自稱劉下刻皇漢高祖廣新之帝并行王二印設朝殿開行省置丞相左右承將軍軍頭等官宣言止殺官中人與張大老作亂八月攻吉州永豐遣江西省左丞董士選討之十月捕獲六十自裁不死伏誅延祐二年四月贛州寧都州蔡五九反與其黨聚鬼子寨五王廟殺猪置酒俱執錫撈槍刀五九自號洞主六月五九率衆劫掠村落郡邑殺寧都州趙同知閩寧都州燒四關八月三日官軍開門與戰賊退五九自稱蔡王騎馬列儀衛張漢高祖造戰棚砲架攻具其勢甚張又犯福建地奏遣兵討之九月江浙江西西省會兵至石城縣弓兵宋伏成於鬼子寨木麻坑禽五九伏誅

福建

至元十六年五月降旨招閩地八十四畬未降者十七年八月陳桂龍父子反漳州據山砦桂龍在九層際畬陳吊眼在漳蒲峰山砦陳三官水篆畬羅半天梅龍長窖陳大婦客寮畬餘不盡錄十八年十月官軍討桂龍方元帥守上饒完者都屯中饒時桂龍衆尚萬餘拒三饒尋捕得其父子斬之南劍州丘細春反行鎮國開國大王改元

昌泰二十年八月建寧招討使黃華反集亡命十餘
萬剪髮文面號陀頭軍據政和縣十月詔史弼高興
劉一拔都伯顏將兵討之興福
建忽剌出會合華敗自焚死

浙東

至元二十一年十月台州仙居
縣有王仙人者言今年五星朝斗天崩地陷合有聖
人出招立大將置寨黃都南溪氏陳再一等從之爲
亂敗自焚其屋赴火死二十六年二月台州寧海人
楊鎮龍反據玉山縣二十五都僞稱大興國皇帝置
其黨厲某爲右丞相樓蒙才左丞相以黃牌書其所
居門曰大興國改安定元年乘黑轎黃綃轎罩黃傘
得良民刺額爲大興國軍四字二月一日殺馬祭天
受僞天符舉事蒙才等拜呼萬歲有兵十二萬七萬
攻東陽義烏餘攻嵊縣新昌天台永康宗王甕吉䚟
浙東宣慰使史弼爲討之鎮龍陷東陽縣尋禽誅獲其
二印一皇帝恭膺天命之寶一
護國護民威權法令奉命之印

湖北

大德五年閏八月懷德府麻用
南木連結權生蠻獠猺犵狫于麻用州界立砦殺掠
田人十什家劫辛苦村洞主仰閧驢家皇慶二年十

一月靖州青符團石榴山蠻吴千道作亂尋降延祐元年沅州胡老鼠猺賊作亂三月招出其黨蒲徇尚金朝李部凱至甕省砦若出官七年六月慈利州貞家山居民貞公結懷德府河者洞驢合什用謝甲洞巨仙什用恩石洞没尒什用安俱洞重逵義等侵白水泉界

湖南

至元十五年全州敎授唐子定奉府檄招下清湘縣西延溪蠻皆持木狀赴府中降沽油團屋孫耶榛水團門客耶耶師哥罵耶專田團喉無米耶喉社勾耶龍堂團近師耶耶王哥羅勾猙猛口團容多耶小池團祖女耶穿弟傘匠耶等共二十餘團北猺人居深山窮谷巢穴中不巾不裳赤脚露脛衣用牛羊血點白布作青花逐幅相體奏成無領袖耕山地種豆薯蕷產楮皮厚朴大德二年郴州可大老叛官軍殺其劉尊長王寨司等又有黄公参者亦反

四川

至元十四年五月降旨付西川諸蠻夷部宣慰使昝順使招思州田景賢瀘州可南畨蠻王阿永叙州筠連騰串豕蠶昔霞等處諸族蠻夷十五年叙州剝骨蠻殺使者十七年六月施州市備大盤散

毛等洞溪納款十九年癸都掌阿永等民爲兵征苔
馬剌都掌等上言宋時未嘗僉軍乞以馬牛助軍需
從之未幾征亦奚卜薛起軍酋長阿峻等亦不從命
二十二年正月討降又巴聳農洞諸蠻三十年十月
西川行樞密院奉詔征鐵州茂州汶州西番蠻夷其
殺戮降下者必力溪等十五砦其砦主曰牛特○蛇
必○烏麥○蒲雪韋吠○舍具○得輸○只禪○非
日○東非○勾巴等也其未府而堂征者西番蝗磨
○嘐成○○獨秦罷○強獐徹垓○顏蘇○五則○客
客昔多○坡必立○兀剌○新而元○立山等也○
六年陝西平章也速答兒奉命進兵討順元羅鬼烏
撒烏蒙東川芒部叛蠻九月也速答兒自叙州慶符
直衝奀娘州烏巖參政阿答赤自長寧直衝芒部降
下十八九回軍就粮至永寧阿永蠻雄挫反雄挫藏
八番反蠻蛇節部曲阿氊及其妻折躬折利及芒部
納即弟卧踏故於七年二月二十八日反於赤水河
也速答兒就討之射死阿都奪其金裹甲鑊子搶九
戰得出叛境閏五月雄挫妻蘇池與招降官蔡閏丈

字一紙畧曰阿具阿甲賫得榜文爲我住在山箐別無同伴蠻官我自來不管官事順元結連諸夷作亂差人邀我同叛我辭是親戚斷不曾聽信又言聽得羿子殺訖使臣不是蠻官本情我親去單洛具與衆蠻官報知然後出來軍中再令閏往招雄挫六月遣阿加阿抱持文字來大意謂我不反使臣貪婪所致十四日雄挫遣牌頭阿底下夷人阿大遞文字降陝西省右丞而稱病不出但令永寧路同知阿况之子委寨赴官盖其叔父也又與必能阿模同行朝廷必欲令雄挫入朝移文行省不出則進討十一月雄坐呈擇二十四日起程續又呈再擇十二月初三日狗日出部二十四日到魯槽與其部曲阿他及把事頭目各者末末等二十九人赴京都賞衣服弓矢鞍轡放回至大元年三月大弟什用集洗王不鬼散毛等洞兵侵者等洞既而出降遣墨施什用答旻什用赴闕五月歸州巴東縣唐伯圭言十七洞之衆惟容米洞罔告洞抽攔洞有壯士兵一千餘皆不足懼也皆官軍討之可分四道其一自紅鈔寨直趨容米○玩

珍○昧惹○卸加○阿惹○石驢等洞其一從苦竹砦抵桑厨○上桑厨○抽欄洞其一由紹慶至涔摩○大科○陽蔓師○大翁迦洞其一徵又巴洞問十萬大帝什用洞兵接應如此可平至治二年散毛洞蠻大望什用劫掠黔江縣五里荒三年五月順元西洪番安撫劫掠卜哥所管砦民銅鼓牛氊等物

番

至元四年五月崇慶等處從宜王遇等令巳降西番人大番官旁术及阿里吉招到西番大和尚解設○三卜魯大蒙○答谷族思蓬怯○將同族速恭麻○拘牢族鮮酌等共十一族七年從宜府遣投降番官額和尚招到遠番和尚石本雜○汝鳳川番官獨然堋入朝二十三年陣骨族六彪及其子合彪結氊單族條竹族冦脱思麻路敗之二十六年疊州西番人朶兒只牙思招到生番心摟等八族降至大三年二月雲南省棠蒙光路土官解罕上言有弟三瀾在西天界藍塞守邊大德八年三瀾來言西天地僻不知是何達達軍馬奪數砦而去今年正月三瀾復遣火頭官兇來言西天使來又有達達軍馬殺西天工

而立其孫奪其堡寨所乘馬甚高大蹲伏乃可鞴鞍問此疆之外其主者誰西天王對白衣所居歸屬大元爲民出賦久矣遂出大箭三金段一使致信於白衣曰我得之地我爲主在爾之地爾自主之無相侵奪今來使以其箭與金段授三斕毋攬陶有此邉警不敢不報事聞朝廷命雲南省體探提備施行至治元年土番宣慰司呈孔提谷充見等七族番賊阿娥弟蒙者等伏五盧平林内殺傷官軍又昌東〇着思巴〇八郎篤公〇參卜郎〇赤堋〇阿八〇必只剌等東西萬里俱係生番其八郎朶公劫朶皃只八站馬二百餘匹

遼陽嵬骨

至元十年征東招討使塔匣剌呈前以海勢風浪難渡征伐不到觧因告烈迷嵬骨等地去年征行至弩兒哥地問得兀的哥人厭薛稱欲征嵬骨必聚兵候冬月賽哥小海渡口結凍冰上方可前去光征觧因吉烈迷方到嵬骨界云云大德二年正月招討司上言吉烈迷人百戶盖分〇不忽里〇等先逃徃内豁噇與叛人結連投順嵬骨作耗奉旨招之千戶皮牙思以爲盖分等

已反不可招遂止大德元年五月嵬骨賊厖英乘吉烈迷所造黄窩兒船過海至只里馬觜子作亂八月吉里迷人奴馬失吉過海至爲子砦遇内豁疃人言吉烈迷人牙乞木稱嵬骨賊與不忽思等欲以今年比海凍過果夥虜掠打鷹人乞討之旣而遼陽省谷三月五日吉烈迷百戸兀觀古等來歸給魚糧網扇存恤位坐移文管兀者吉烈迷萬戸府收管六月五日官軍敗賊於吸剌豁疃七月八日嵬骨賊王不廉古自果夥過海入拂里河官軍敗之九年六月吉烈迷人甲古報嵬骨賊劫南木合等官軍追之不及過拙墨河劫掠至大元年吉烈迷百戸乞失乞乃言嵬骨玉善奴欲降遣大河沙者至訥里干叉吉烈迷人多伸奴亦吉奴來言玉善奴厖英等乞降持刀甲與頭目皮先吉且言毎年貢異皮以夏間答剌不魚出時回還云云

圓明和尚

延祐七年六月十三日夜奉元盩屋縣終南景谷小高山僧圓明和尚就扶風小貞大家斜合蘇子榮等五十餘人各執桑木笏持二劍祀星斗僞即位爲皇帝衆呼萬歲圓

明和尚者姓白名唐兀台年三十七耀州美原縣探馬赤軍延祐七年四月小高山湫池邊建禪菴誦經尋移其母馮閏娥與弟廣師皆來菴中盤屋人來燒香者受戒牒因與子榮等相識至是誠以七月五日攻奉元路舉事其徒言普覺長老和尚上元甲子合坐大位六月二十九日扶風縣人告變官軍捕之唐兀台提劍夜二更欲出山走官軍圍之遂相射雞鳴時復回菴中七月一日陝西省參政朶里只八史中奉以兵捕賊唐兀台藏其母林中與妻妙師及其黨西循秦嶺走久之棄僞印章草內又無糧唐兀台與妙師藏林中令人下山採伺消息八月五日午時唐兀台困睡官軍追及執妙師等唐兀台脫走九日奉元路達魯花赤伯顏于白楊平河禽唐兀台伏誅○招捕事不止此是惟取其人名地名及事與序相干者入注中

軍制

世祖即阼建官位事侍衛則有左右前後中諸衛衛

設親軍都指揮使外此則萬戶之下置總管千戶之下置總把百戶之下置彈壓總以樞密院皇太子兼樞密使節制天下兵方面有警則置行樞密院事已則廢而移都鎮撫司屬行省命長官一二人領之萬戶千戶百戶分上中下萬戶佩金虎符符趺爲伏虎形首爲明珠而有三珠二珠一珠之别千戶金符百戶銀符萬戶千戶死陣者子孫襲爵死病則降一等總把百戶老死萬戶遷他官皆不得襲是法尋廢今無大小皆世其官獨以罪去者否號部伍曰翼百戶

而下縣散兵官本翼則免其家爲卒他翼者不免千戶而上雖本翼仍不免幕官久次積階至四品得爲千戶而軍士則初有蒙古軍探馬赤軍蒙古軍皆國人探馬赤則諸部族也其法家有男子十五以上七十以下無衆寡盡科爲軍有事則空營帳而出十人爲一牌設牌頭上馬則備戰鬭下馬則屯聚牧養孩幼稍長又籍之曰漸丁軍既平中原發民爲卒曰漢軍或以貧富爲甲乙戶出一人曰獨戶軍合二三而出一人則一爲正軍戶餘爲貼軍戶或以男丁論嘗

以二十丁出一卒至元七年十丁出一卒又或以戶論二十戶出一卒而限年二十以上者充士卒之家爲富商大賈則又取一人曰餘丁軍至十五年免或取匠爲軍或取諸侯將校子弟充軍曰質子軍又曰禿魯花軍皆多事之際一時之制天下既平嘗爲軍者定入尺籍伍符不可更易詐增損丁產者覺則更籍其實而以印印之病死戍所者百日外役次丁丁少者再予五十日死陣者復一年貧不能役則聚而一之曰合併貧甚者老無子者落其籍戶絶者别以

民補之奴得縱自便者俾爲其主貼軍逃而還者復
三年又逃者杖之投他役者還籍中醫而良者奏復
其房其土田則初視民輸半租既而蠲四項曰贍軍
地餘田賦如常法既得宋兵號新附軍大率蒙古軍
探馬赤軍戍中原漢軍戍南土亦間厠新附軍諸國
人之勇悍者聚爲親軍宿衛而以其人名曰欽察衛
康里衛阿速衛唐兀衛内外卒皆以時踐更又有遼
東之糺軍契丹軍女直軍高麗軍雲南之寸白軍福
建之畬軍則皆不出戍他方蓋鄉兵也又有以技名

者曰砲軍弩軍水手軍應募而集者曰答剌罕軍此不給糧餉不入帳籍俾爲游兵助聲勢虜掠以爲利者也其名數則憲宗二年之籍至元八年之籍十一年之籍而新附軍有二十七年之籍非有旨雖典掌者不敢擅發亦不得閱其數軍出征戍家在鄉里曰奧魯州縣長官結銜兼奧魯官以蒞之此其槩也事之見簿書者具諸左方

軍器

是編載兵器而附軍需之料例名物具工典此其給

納之事也至元初命統軍司造兵壞則諸萬戶行營選匠自修之則內有武備等積貯列郡設雜造局歲以鎧仗上供其精者有西域礮搨疊弩皆前世所未聞軍需則糧鈔衣帽靴袴至製燧馬馬蹄澁魚網斧鐮鵂钁渾脫之類是也太宗四年十戶辦軍衣十套每套四件帽綿襖綿袴靴○軍器有十五稍九稍七稍五稍三稍砲至元二年令統軍造司兵器或修補則各萬戶軍中選匠置局自治之四年上都李仲成造靴車神鳳弩射入百餘步六年教頭李初言乞造軍器教士卒武藝奉旨各色內上造一眞者餘以木爲之○軍需有馬脚澁披氊夾袋火鐮木梳絆布帳鉄撅鉄氈斧鐮鄉編子梆觀氊帳鉄鑛鉄鵂钁鉄箟籬渾脫鉄於十一年造絮四石斗力柱子弩二石斗力三十年取江浙省紙

倚砲皇慶元年新附軍甲仗收于
本萬戶封置有調遣則給與之

教習

陣有奇正人有坐作兵有擊刺必耳金鼓目旗幟千萬夫如一人則始可用矣神元上世北戴斗極以立國寓兵法於獵開闔聚散嚴矣及取天下四征不庭水陸之師莫不教練故能東西討伐所向無前承平既久愈益不廢諸將麾下悉設教首勸賞懲罰皆有著令今載其見于簿書者使後有考焉陣圖戰藝秘不示衆

整點

天子新卽位則分遣樞密院臣僚乘傳行諸省洎列郡考戍將所典之士壯若懦校其籍之數覿馬肥若瘠與兵之利鈍甲胄鞍盾之堅脆弢箙弓矢旗幟之新弊什物之備否大閱行賞罰還奏吏文曰整點一則以受圖膺賞之初振舉庶政而武事其一一則以警動天下耳目而備不虞此常制也餘則或有征伐亦閱所當遣卒於期會啓行之方或外本兵者廢革而藩方新有其軍必覈實齊一之或受任者怠於事

而往作其弛墮皆整點如上今雜載之第是數者非得旨皆不敢行

功賞

賞典軍中要事也其有戰守功登賞者皆已隨事附載見於事者則或已過時追念其功而賞或索數功而總議行賞或從以征伐勞苦而有所賜予或與土木之役畢事而犒之或遣使整閱天下兵還奏恪慎效職而遷擢者也自世祖已前則簿書闕焉

責罰

國家用兵行師數矣責罰之見於纂述者甚少蓋因事致罰者各隨其事而見此所録率多雜罪如賞典云

宿衛

屬槖鞬列宮禁曰宿衛軍國有大朝會徧徵諸侯王入京師之歲所司設廬芠環大內士晝夜居其中以備非常既朝會則罷之曰宿衛軍皇帝祀郊廟幸佛寺蹕街清道曰儀仗軍從幸畿甸曰扈從軍坐帑藏倉庾譏問出入摇鐸警夜以護天子之良貨賄曰看

守軍皇帝幸上都從留守大臣以夜鐘時出譙樓下分行國中衢陌察盜賊至曉曰巡邏軍歲遣繇海至枯水口輸海津倉五方人坌集惡少不逞游警其間出千人彈壓曰鎮遏軍如上雜載一卷舉一以附其餘曰宿衛類云

屯戍

國初征伐駐兵不常其地視山川險易事機變化而位置之前却進退無定制及天下平命宗王將兵鎮邊徼襟喉之地如和林雲南回回畏吾河西遼東揚州之類而以蒙古軍

屯河洛山東據天下腹心漢軍探馬赤軍戍淮江之南以盡南海而新附軍亦間厠焉蒙古軍卽營以家餘軍歲時踐更皆有成法獨南三行省不時請移彼置此樞密院必以爲初下南時世祖命伯顔阿术阿塔海何里海牙阿剌罕與月兒魯孛羅輩所議定六十三處兵也不可妄動奏卻之此其槩也

工役

軍之役土木者率以築都城皇城建郊廟社稷宫殿藉田官府寺舍倉庾沿道築堤堰牐壩造橋梁開漕

河大祭祀掃除壇壝之類餘則建佛寺起塔樹幡竿脩寺僧之水碾爲大臣築第搜碑石與伐船材斫葦被城上理鹿圈黃羊圈百人五十人則樞密院指揮過是則奏聞亦給傭直洎糧然第畿內事也外郡則惟脩甘州城且建倉浚咸平府清寇河之游理寧夏浮圖一百又八而已

存恤

國家恤軍士至矣然吏予奪之際亦有文致刻者朝廷忠厚久亦悉釐正之虞其飢賜之糧餉寒給之衣

歲荒振其妻子由戰戍歸道中有司續食病者療之不幸而死予鈔二十又五貫曰瘞錢將校倍之使藁殯行營旁俟其同鄉縣人爲卒更代得歸者命負置骸骨其家不旣至矣乎始定制卒之陣死者復其家一年病死者半年傷而扶還以斃者比病死柩窆院以爲戰而傷還死營壘中異屯居告終桄席亦畀復一年又卒以月朔旦受糧不幸病死自死至月末盡日之食曰破月糧有司復徵入倉廩或病時已賣糧爲資用則取償其火五人糧曰措除逃去者亦僂

指其日徵之如上法在位者要上言非便乞無多寡盡賜以買棺又官吏病滿告百日報罷其破月俸米過其月五日者亦仍給之又其比也事下版曹執舊比不變廟堂不聽卒免遠戍病死者破月糧而逃者徵如故不既忠厚乎至元十五年八月樞密院議陣亡軍存恤一年病死者存恤半年若臨陣攻戰被傷還營致死難同屯居病亡合從陣亡例存恤至治元年六月龍興副萬戶王武德言廣東身死軍追揹支過月請鹽糧非便甘肅行省亦嘗言開除軍士照筭身死在逃月日食用不盡鹽糧却於見在軍內就有虧見役軍人又南安路總管管府判官年規上言病故軍閑下或十日或半月鹽糧拘收還官不便乞今後無問多寡盡給爲買棺之用似望死生不致失所令南雄路戍軍李眞湛灼等自

本月初九日十一日以後身死官司俱將已支各軍破月鹽糧作門下數目於下月實在軍糧内揩除伏覩首部定倒諸官吏患病百日作闕支過俸米除全月回納還官外據支過破月俸鈔如已過當月初五日并屬破月糧數免徵都首送戶部謝身死及逃軍拋下米糧擬合拘收還官如無令所管頭目陪納已施行依上施行訖都首以所擬未當再下本部邊遠戍軍病故支過口粮既已費用若令揩除陪納若失優恤之意擬合免徵次月隨即開除却不得因時虛椿捏合冒破官糧仍令肅政廉訪司體察

兵雜錄

兵雜錄者其所以錄之意義見總序此其事

馬政

國朝肇基朔方地大以邊槖馳馬羊牛不可以限量

而數計今牧馬之地東越耽羅北踰火里禿麻西至甘肅南暨雲南凡二十四所又大都上都以及玉你伯牙折連怯呆兒地周廻萬里莫非監牧之野在朝置太僕寺典御馬及供宗廟影堂山陵祭祀與玉食之桐乳馬之在民間者有抽分之制數及百者取一及三十者亦取一殺乎此則免牛羊亦然其抽分之地凡千有五或遇征戍及邊圉乏馬則和市拘括以應倉卒之用非常制也悉類以述于茲太僕寺典御馬左股烙官印號大印于馬其印有兵古貶古濶卜川月思古斡樂寺名產騎即烙太廟祀事及諸寺影堂用乳酪則

供牧馬駕仗及宮人出入則供尚乘馬供上及諸王百官挏乳取黑馬乳以奉王食謂之細乳諸王百官者謂之粗乳又自世祖皇帝而下山陵各有醞都取乳以供祀事號金陵擠馬盡三年以與中山陵者拈分羊馬太宗時家有牛羊馬及百者取牧牛羊馬各一頭入官牧馬牧牛牧羊及十頭者亦各取一頭入官定宗時諸人牛羊馬羣十取其一隱者有罪憲宗時日取其一盛宗時每年七八月間委人賫聖旨來驛赴所該州縣與民官眼同抽分十月分赴者交納宣徽院羣上及百下及三十者抽分貢不及三十者免共十河處虎北口南口駱駝嶺曰馬句遷民鎮紫荊關丁寧口鐵門關軍源口沙靜州安倉庫坊與和等處遼陽等處察罕腦兒又世祖時不許販馬過南界黃河以南潼關之東直至斷縣非官中人不得騎馬皆令賣之於官中仍禁拽車搜碾及耕地

屯田

國家平中原下江南遇堅城大敵曠日不能下則因兵屯田耕且戰爲居久計當時無文籍以誌制度之詳不可考既一海内舉行不廢内則樞密院各衛皆隨營地立屯軍食悉仰足焉外則行省州郡亦以便利置屯甘肅瓜沙河南之芍陂洪澤皆因古制以盡地利雲南八番海南海北本非立屯之地欲因之置軍旅於蠻夷腹心以控扼之也其和林陝西四川等或以地所宜或以邊計慮至周密法甚美矣其置立之由增損之制收穫之數賞罰之規悉具左方

樞密院所轄左衛屯東安州永清縣軍二千田一千三百一十頃有零實耕一千頃餘地立營司場院廬舍牛二千○右衛屯永清縣霸州益津縣餘同左○中衛屯香河武清寶坻餘同○前衛屯霸涿雄三州益津文安新城○後衛屯氷清霸州○武衛屯保定之定興霸州涿州里三千田千頃牛四千○左翼屯會川縣滄清二州置屯田萬戶有軍二千田一千三百九十九頃牛一千六百○右翼大都之武清保定之新城一千五百人田六百九十九頃田在鄚雄二州牛三百七十○中田侍衛屯大同之平地朔州之馬邑一千人二千頃滑州靜海七百人六百五十六頃○龍翊侍衛屯文安八百人三百頃○左衛率府屯武清三千人千五百頃○宗仁衛屯薊州大寧路上金山二千人二千頃○宣忠扈衛屯一萬人四百頃司農司所轄永平屯馬城三千二百九十戶牛三千六百六十頭田一萬一千六百頃○營田提舉司武清二千一百餘戶田三千五百頃牛三千六百○廣濟署屯滄州一千二百

二十戶牛三千二百田一萬二千六百頃

宣徽院所轄

淮東淮西屯淮安東海州高郵招泗通泰淮東淮西淮安州塔山徐邳沂一萬一千七百戶田一萬五千二百頃牛三千二百六十六○豐閏署屯薊之豐閏縣八百三十戶田三百五十頃○寶坻屯寶坻縣三百戶田四百五十頃○尚珍署屯兗州四百五十戶九千七百頃

腹裏所轄

大同屯儲府大同山陰縣九千九百人田五千頃○虎賁司屯上都置司典松州分司軍三千佃戶七十九戶田四千二百頃

嶺北省屯

稱海五條河四千六百戶六千四百頃

遼陽所管

大寧路海陽屯遷馬鎮置司瑞州之西瀕海置屯百三十戶二百二十七頃○浦峪路屯剌憐置司四百九十戶田四百頃○金復州屯本路置司忻都察立屯三千六百戶二千五百頃○肇州屯蒙古女直屯戶六百五十戶田一千五百頃

河南南陽民地

六屯六千戶田一萬六百頃牛四千○洪澤淮安之白水塘黃家疃一萬六千戶田三萬

五千三百頃○句陂安豐之安豐縣屯戶一萬四千○德安屯浮城畈豆陂環河磨山省港篙子港潭陂澤河港陂李陂十屯屯戶九千三百軍五千九百田八千八百頃

陝西屯

鳳翔鎮原櫟陽涇陽彭原安西平涼終南渭南共七千五百戶田五千八百頃○陝西萬戶府屯盩厔之孝子村張馬村古園莊亞柏鎮寧州之大昌原德順州之威戎二千六百戶田八百一十頃○貴赤延安屯二千戶田四百八十頃

甘肅寧夏屯

西安州置司搭里里置屯二千三百戶田一千四百九十頃○肅瓜瓜二州屯甘州置司黑山滿峪泉水渠鴨子翅屯屯二千二百九十戶田一千一百六十頃○營夏營田司屯棗園納怜站唐來渠尾立屯二千一百戶田一千八百頃○寧夏官屯鳴沙州置司九百戶田四百四十頃○亦集乃屯合卽渠置司二百戶田九十一頃

江西西安砦兵屯

贛之龍南安遠五龍相鄉田處三千二百戶田五百二十四頃

江浙省汀漳屯

汀之上杭漳之漳浦軍三

千田四百七十頃

高麗屯

東寧府鳳州等十屯每屯五百人

雲南威楚提舉司屯

三十三戶田一百六十五雙○大理金齒屯軍六百戶民三千七百戶田二萬二千一百五雙○鶴慶路屯軍一百五十二戶民百戶田一千雙○威楚軍民屯軍三百九十九戶民一千一百戶田七千一百雙○武定路屯一百八十戶田七百四十八雙○中慶軍民屯軍七百九戶民四千一百戶田二萬二千五百雙○曲靖屯曲靖澂江仁德三路立屯萬一千戶田九千雙○烏撒屯軍百十戶民八十六戶○臨安路屯建水州立屯二千四百八十戶田五千一百雙○烏蒙屯軍七百戶田三千七百八十雙梁千戶屯立於烏蒙○羅羅斯屯會通建昌會川德昌立屯四百七十戶○烏蒙屯軍五千田千二百五十頃

四川

廣元路屯八十七戶田九頃○敘州屯長寧軍富順州立屯四千四百戶○紹慶路屯九十一戶○嘉定路屯十二戶○順慶路屯五千戶潼川屯一千四百戶○夔路屯五千戶○重慶路屯二

千五百戸○成都路屯五百十戸○保寧軍屯千一百戸田一百十八頃○敘州軍屯宣化縣隅口左屯二百戸田四十一頃○重慶五路萬戸府屯三堆中嘈趙市立屯千二百戸田四百廿頃○夔路萬戸府屯崇慶州鰍箕莊遂寧州北壩立屯三百五十戸田五十六頃○成都萬戸翼屯崇慶州義興鄉楠木園立屯二百五十戸田四十二頃○河東陝西萬戸府屯灌州之青城陶壩崇慶之大栅頭千三百戸田二百八頃○廣安萬戸府屯崇慶之七寶壩立屯百五十戸田廿六頃○保寧萬戸府屯崇慶州晉源縣之金馬五百六十戸田七十五頃○敘州萬戸府屯青城二百二十戸田三十八頃○五路萬戸府屯崇慶之大栅鎮孝感縣灌之青城縣之懷仁鄉千二百戸田二百三頃○興元金州萬戸府屯晉源之孝感鄉三百四十戸田五十六頃○隨路八萬戸府屯灌之青城温江縣八百三十戸田百六十頃○舊附萬戸府屯青城崇慶一千戸田百廿九頃○砲手萬戸府屯青城縣龍池鄉九十戸田十六頃○順慶軍屯晉源之義興鄉江源之將軍橋五百六十戸田九十

八頃○平陽軍屯青城大柵三百九戶田六十九頃○順慶萬戶府軍屯漢初白土子平六百五十戶田百一十四頃○廣安萬戶屯新明立屯雷百一十戶田二十頃湖廣海北海南屯瓊高化廉玉州立屯八千三戶扶五百六十頃○廣西兩江撞兵屯上浪忠那御雷笛水卩藤州四千九百戶田六百四十○御州屯衡陽之青化永州之烏符武崗之倉立屯千五百戶田三百一十頃

驛傳

國家驛傳之制有府寺通政院兵部脫脫禾孫站官有符節圓牌聖旨札子有次舍有供頓馬車牛驢狗轎驛傳之在漢地者兵部領之在北地者涖以通政院郡邑之都會道路之要衝則設脫脫禾孫之官以檢使客防姦非驛各有主者

以典其事此其府事使者銜命以出或急遽不能待有司文移則典瑞院徑自御前出金字圓符付之即佩以行次有銀字者以常事遣則省部給御寶聖旨水行者給船劄此其符節驛中有堂有室有庖湢兩驛相距道修則道半别置官舍以憇號邀驛此其次舍使者宿驛中則給米洎酒各一升麪洎肉各一斤曰全飡不宿而過者給半飡冬之炭夏之氷雨之製備焉僕從予米他不給陸行馬微者或給驢閩廣馬少或代以牛水行舟山行轎倦者給卧轎綱運以

車馬直險則丁夫負荷遼海以犬曳小輿載使者行冰上此其供頓其馬舟車之數視官崇卑事大小爲多寡民之役驛中者復其地四頃不輸租與兵士同然出馬供使客馬死輒買補之有正馬副馬或久而貧不能爲役別取可者代之使者不得枉道行杖館人擇善馬囊槖重不勝載非警急而疾馳馬致斃者皆有罪此又其事之大槩也進奏之邸在京師者曰會同館而綱運則號陸運提舉司云太宗時制使臣日支肉一斤麪一斤米一升酒一瓶十一年十月奉旨馹傳勿給懷騶馬如違給者乘者各杖五十七使臣無急事令乘

牛車中統三年奏西京等路鋪馬疲勞擬令押運官坐車騎驢奉旨今後隨路車運官物止令押運官坐車乘驢不須給馬四年中書省定例使臣十月一日至正月三十日支炭五斤五年八月中書省奏站戶由限四頃免稅以供鋪馬祗應已上地畝全納地稅至元二年中書兵刑部上言渾源弘州不曾立站順天真定德興等路使臣背道徑行索換鋪馬中書省行下各處今後使臣止由正站走遞毋得經行不立驛站之處換馬○中統元年令霍木海總管諸路站赤至元元年改華漢站令各路管民官掌管霍木海提領使臣起數鋪馬強弱至元七年十一月立諸站都統領使司使臣非急務則乘牛驢事速則馳驛八年中書省議鋪馬劄子用蒙古字各站未能盡識仰繪畫馬疋錢小印印於劄子年月日之後就左右司以墨印印馬數復以省印覆之墨印左右司封掌二十六年二月十六日沿海鎮守官蔡澤言泉州至杭州陸路甚遠外國進貢方物勞民負荷驛馬多死澤知海道舊有三千水軍令於海道立水站遞運免勞

百姓又可戢盜尚書省奏從之名曰海站後罷元貞元年六月九日丞相完澤奏哈兒賓地界舊立狗站十二所前者當站糧食出於百姓然其地不事耕稼數年以來站狗多死至站無以交換又赴前站轉致損乏站戶苦之每戶乞振鈔十定聞

其俗用青珠宜相兼與之奉旨准奏

弓手

中統五年驗郡邑民衆寡置馬步弓手夜遊邏禁人出違者有罪皆以防盜也而京師南北兩兵馬司各至千人郡邑相拒遠村落有邸舍可居停者亦置之每百戶取中産者一人以充盜發期一月獲不獲期兩月三月一不獲則笞之至再至三則笞加多官有

綱運若流徒者至則執兵仗導從以轉相授受外此則不敢役示專其求盜職也中統五年設馬步弓手驗民戶多少置額其夜禁之法一更三點鍾聲定禁人行五更三點鍾聲動聽人行有公事急速喪病產育之類不拘此違者笞二十七下有官者七下贖州縣相離遠處其間五七十里所有村店及二十戶以上者設巡防弓手關津渡口食設之處不在五七十里之限百戶內取中戶一名捕盜官領之有盜則立三限盤捉每限一月一限不獲強盜一十七下竊盜七下兩限強二十七竊十七三限強三十七竊二十七限內獲一半者免罪中都設巡馬侍衛親軍內差四百名至元八年御史臺呈除捕盜防轉外不得差占十六年南城設一千四百名北城七百九十五人今定制南兵馬指揮使司一千名西北關廂巡檢使三十人南關廂巡檢使二十七人北兵馬指揮使司一千人東關廂巡檢司十八人畿內共五十二所二千八百九十九人上都

二十四所六百六十人兵馬指揮使司二百二人

急遞鋪

轉送朝廷及方面及郡邑文書往來十里或十五里二十五里設一急遞鋪十鋪設一郵長鋪設卒五人文書至則紀於曆視早晏標至時於封因以絹囊貯而版夾之又裹以小漆絹卒腰革帶帶懸鈴手槍挾襆褁賫文書以行夜則持火炬焉道狹車馬者負荷者聞鈴則遥避諸旁夜亦以驚虎狼不苦又響及所之鋪則鋪人出以俟其至囊版以護文書不破碎不

襞積摺小漆絹襆襶以禦雨雪不濡濕檜以備不虞所之鋪得之又展轉以去定制一晝夜走四百里郵長治其稽滯者郡邑官復督察加詳焉而勤惰有賞罰京師則設總急遞鋪提領所秩九品銅印官三員又有號牌鎖匣印帖長引隔眼之法可謂密矣世祖庚申四月大都東北西三道立一百鋪鋪兵一千一十八戶北道左院花園至云州赤城四十二鋪每鋪十里東道大興縣臘八莊至薊州盧兒嶺四十鋪二百人西道宛平縣通玄關至涿州澤畔鋪十八鋪百一十四人又立開平至京兆鋪中統元年五月令隨處官司直接鄰境兩界安置至本路宣撫司宣撫司直接至朝省鋪每鋪丁五人縣官置簿付鋪遇有文字至即注名件到鋪時刻傳遞人姓名又置簿令轉送人

取下鋪押字交收時刻還鋪本縣時復照刷稽滯者治罪與文書縣官以絹袋封記以牌書號牌長五寸闊一寸五分綠油黃字書號邊關急速公遣用匣子封鎖於上重別題號及寫某處文字發事時刻其匣長一尺闊四寸高三寸黑油紅字書號以千字文為號傳遞文字須管一時辰內傳遞三鋪燕京宣德已北寧鋪十里計行二十里燕京宣德已南二十五里一鋪一時行一鋪計二十五里二年四月禁不得私自夾帶一毫物件轉送七月以傳遞文字損壞遺棄委州縣未織投調行月就鋪照押其曆設鋪司一名堂曆提調官不治事初犯再犯贖三犯笞八年二月以文字磨振遺失令文字到鋪裏以軟絹包袱又以油絹卷縛夾版束繫賫小回曆一本到鋪交割附曆訖於回曆上令鋪司驗到鋪時刻并文字角數及有無開折損壞仍一晝夜走四百里鋪中什物十二時輪子二枚鋪曆遇夜常明燈鋪兵各備夾版鈴攀纓槍絹包袱油絹簑夜回曆九年左補闕祖立福合言急者速也急遞名不佳宜改奉旨令老成人議之中

書令翰林國史院議更爲通遠鋪不果行二年二月以轉送文字不分緩急一槩遲滯令急者州油單羊皮表布裏青囊盛之一晝夜行至百里其餘用油單羊皮表布裏白囊盛晝夜四百里尋改絹表布裏三十一年設大都總急遞鋪提領所九品銅印提領三員大德四年和林宣慰司言本處係蒙古草地無處轉遞文書令使臣順帶至治三年以及匿損破公文有失設法兵部謹每十鋪設郵長一人於州縣籍記司吏內差充一歲交承兩州縣相交接之處鋪多者差相等者近年輪差使之專督其事於所管鋪分往來巡視務要修置亭舍什物宗備附寫鋪曆分白依程式走遞文字從始官司量地遠近印帖長引隔眼於上明白票寫件數發行日時至各各郵長去處標寫發於轉遞上下半月具遞過文字夜各日時申提調官依期親歷刷整點署押文案報廉訪司照刷各鋪稽滯損失文字或附寫不明不實郵長罪之罪在別鋪亦須互相舉呈上司行移究治郵長不能盡職提調官罪之三犯者罷仍去州縣籍記姓名一歲之

內克盡乃役役畧無稽
違者即從優先補

祇從

祇從之徒出入訶喝左右指使者也總以首領副以面前猶古首面也從在京諸司者給食錢而省六部樞密院御史臺者積勞得除征官外郡者免其雜徭役腹內地取於輸四兩包銀戶南方則以徵稅至米三石之家充是皆庶人之在官者也其額視官府崇卑事務煩簡而多寡之出額冒居逐去又有守狴犴防囚徒者曰禁子追呼保任逮捕者曰曳刺附焉

鷹房捕獵

國制自御位及諸王皆有昔寶赤蓋鷹人也及一天下又設捕獵戶皆俾致鮮食以薦宗廟供天庖齒革羽毛以備用而立制加詳地有禁取有時違者罪之冬春之交天子或親幸近郊縱鷹隼搏擊以爲游豫之度曰飛放故類鷹房捕獵四卷夫獵殺事也而列聖之仁政存其間殺胎者有禁殺卵者有禁歲饑而盜獵禁地者赦至皇慶間有司奏出幸時至我仁廟以穀不熟民困曰朕不飛放且勑諸王位昔寶赤皆

不聽出嗚呼萬世之下其求法之哉乙未年哈罕皇帝聖旨籍打捕
鷹房戶屬御位及諸王公主駙馬置打捕鷹房官今
義辦鴈鶻鶚入宣徽院生料庫雜翎入武備寺濤新
活鴈鴨進入大廟神廚局猞皮入利用監鷹隼戶進
鷹雉雞尾供光天大明諸殿及影堂憲宗五年正月
奉旨正月至六月盡懷羔野物勿殺唯狼不以何時
而見殺之無妨違者奪聽乘馬及衣服弓矢以賞見
而言者見而不言者亦同罪又喻諸打飛禽人先帝
聖旨有卵飛禽勿捕之今後鷹房人春月飛禽勿殺
違者治罪中統三年十月有旨依舊例中都四面各
五百里地内除打捕人戶依年例合納皮貨野物打
捕外不以何人不得飛放打捕雞兔違者治罪又奉
旨北口白馬甸南口三道集圍獵違者籍沒一半家
產斷罪仍遷其鄉於眞定之南籍沒物賞告人惟狼
熊虎狐金錢豹可殺景州之東二百里外平樂州西
南海邊易州之北及武清寶坻霸州保定東安州亦
禁易州之南不禁至元二十六年十二月二十八日

奏檀州禁地內劉得成殺食野物雖已詞伏緣其因饑闕食違禁救死出不得已其家有牛二十頭若依例籍沒何以爲生奉旨免之明年房山民亦以饑犯禁依前例奏免之皇慶元年正月內參議中書省事禿魯哈帖木兒阿里海牙等奏飛放之時至矣丞相帖木迭兒今臣等奏取聖裁上曰今年田禾多不收百姓饑困朕不飛放一年九月奉旨腹懷地今年田禾災傷諸位下毋令昔寶赤八兒赤前共

元文類卷四十一

元文類卷之四十二

元　趙郡蘇天爵伯修父編次

太原王守誠君實父挍訂

雜著

憲典總序

皇朝憲典之作其篇二十有二焉而各以其序也法緣名典令自近始故名例爲法之本衛禁居令之先百官有司守法以奉上帝令御下故職制次之敬莫大於事神畏莫大於知義故祭令學規次之刑以弼

敎威以戢暴故軍律次之禍亂式遏生聚易爭故戶婚食貨次之爭起於無厭無厭者好犯上故大惡次之惡之初稔非淫即貪故姦非盜賊次之淫貪之作始於自欺故詐僞次之僞作於心徵於詞氣故訴訟次之辭窮則鬭氣暴則殘故鬭毆殺傷次之庶獄備矣庶愼與焉示爲法者非罔民也故禁令雜犯次之知禁者罪可逮觸禁者罪不可逃故捕亡次之君子立法之制嚴用法之情恕無求民於死寧求民於生故恤刑平反赦宥又次之至於終之以獄空則辟以

止辟之效成刑期無刑之德至矣此其爲序如是槩而論其爲書則固五典之法書也治典非憲無以明黜陟賦典非憲無以斉出納禮典非憲無以敬傲惰兵典非憲無以律驕盈工典非憲無以懲濫惡其事散殊其法周密故必隨事以分類隨類以表年綱以著其約目以致其詳初若因目以立綱久乃從綱而知目綱舉目張吏易遵行民易趨避而是書之體用庶乎其爲得矣綱之所不能該目之所不能悉則有附錄焉作憲典總序

名例篇

名例者古律舊文也五刑五服十惡八議咸在焉政有沿革法有變更是數者之目弗可改也傳曰不愆不忘率由舊章作名例篇第一

五刑

國初立法以來有笞杖徒流死之制即後世之五刑也凡七下至五十七用笞凡六十七至一百七用杖徒之法徒一年杖六十七二年半杖七十七二年杖八十七二年半杖九

十七三年杖一百七此以杖麗徒者也鹽徒盜賊既決而又鐐之使居役也數用七者考之建元以前斷獄皆用成數今匿稅者笞五十犯私鹽茶者杖七十私宰牛馬者杖一百舊法猶有存者大德中刑部尚書王約數上言國朝用刑寬恕笞杖十減其三故笞一十減爲七今之杖一百者宜止九十七不當又加十也議者憚於變更其事遂寢流則南之遷者之北北之遷者之南大率如是至於死

刑有斬無絞蓋嘗論之絞斬相去不至懸絕鈞爲死也特有殊不殊之分耳然巳從降殺一等論令斬首之降卽爲杖一百七籍流猶有幸不至死之理嗚呼仁哉

五服

昔者先王因親立教以道民厚由是服制興焉法家者用之以定輕重其來尚矣然有以服論而從重者諸殺傷姦私是也有以服論而從輕者諸盜同屬財是也大要不越於禮

與情而已服重則禮嚴故悖禮之至從重典服近則情親故原情之至從恕法知斯二者則知以服制刑之意矣國家初得天下服制未行大德八年飭中外官吏喪其親三年至治以來通制成書乃著五服於令嗟夫先王所以正倫理明等威辨疏戚别嫌疑莫大於是也豈特爲法家者設哉

十惡

人之罪無大於十惡者矣王法之所必誅也

故歷代之律著之首篇國家任子之法舉人之條皆曰不犯十惡者始得預列嗟夫之二者之選豈必其人有是惡而後絕之哉言不犯者意其必無也意其必無而猶慎之知人之難也

八議

八議者先王用法忠厚之至情也故自周官至於唐律具載之國家待國人異色目待世族異庶人其有大勳勞於王室者則固當有

九死無與之賜十世猶宥之恩歟若夫官由
制授者必聞奏而論罪罰從吏議者許功過
之相贖豈非八議之遺意乎故仍古律舊文
特著于篇以竢議法之君子

衛禁篇

人君一身天地民物之所寄宗廟社稷之所託故君
門九重出警入蹕非自衛也所繫重焉國家肇基淳
德馭下乘輿行幸歲以爲常起居緝御扈從番直亦
既周且慎矣今上皇帝入正大統內嚴管鑰外肅輦

穀侍正置府通籍剏符其爲長治久安之策所以幸
萬世者豈過計哉勑時幾弭奸慝作衛禁篇第二

職制篇

日月運四時行法度彰百官理至元班祿以來常任
則有省部諸院準人則有臺臣憲司立民長伯則總
而方鎮分而郡縣以及府兵閥閲之世襲宮邸湯沐
之樹建星列而棊布焉居積典守有官工肆視成有
官河有防賦有漕驛有置冠蓋往來則有王人之銜
命岳收之移委受事旣殊隨事爲令其閒禦暴而司

平則捕盜典獄專庀厥司是故國中共守者曰總例則揭之化外覊縻者用輕典則傳之於是職制備矣嗚呼人君之遇臣下豈務恃法哉由夫才諝之不齊資踐之雜進然後罪列公私贓論多寡而風紀之責望日益重矣定官箴謹候度作職制篇第三

祭令篇

國有大事祀其一焉我朝稽古禋祀郊廟先齊擇日集執事官朝堂讀誓誡以徇朝服再拜聽受而退祭之日御史二人服其薦冠以莅之外而郡邑通祀部

使者糾之如御史於是承事者罔敢不敬質神明壹
臣志作祭令篇第四

學規篇

法至於學規輕之至者也而至重焉太祖皇帝始爲
國都學規世祖皇帝廣爲國子學規今上皇帝親爲
王宮學規夫法不從吏議而出聖裁重之至矣乎本
王化厲士節作學規篇第五

軍律篇

國家經武者定四方師律尚矣廟筭之折衝將略之

御勝罔非言之所可得者惟夫仁義節制並行當時載之簡書有可徵焉纘戒功奮武衛作軍律篇第六

戶婚篇

井田廢而廉讓之道缺爭敓之俗興民無恒居田無恒主婚姻不以其時而獄訟作矣教化不足然後制之以刑而非得已也法常典原人情作戶婚篇第七

食貨篇

治財之道厚民爲本民者財之府財者民之命也故治財者先義而後利教民順先利而後義教民爭故

治財者先民而後國國常富先國而後民國常貧治財而有刑所以防姦欺制期程非治財之本也作食貨篇第八

大惡篇

天地之道至仁而已國以仁固家以仁和故國不仁則君臣疑家不仁則父子離父子離無所不至矣君臣疑亦無所不至矣故易著履霜之戒孟子有仁義之對審哉幾乎去仁惡足爲國家哉作大惡篇第九

姦非篇

王化始於閨門故關雎之化行則天下無犯非禮桑間濮上之音作則男女相奔强暴相陵尊卑無別而上下失序矣文武道在施之則行古者聖人以禮防民制刑以輔其不及後世因之作姦非篇第十

盜賊篇

夫盜賊豈人情哉或迫於飢寒或驅於苛政或誅於誘脅出於不得已者十常八九至於白晝攫金於市略人以爲貨皆有司不能其政所致使人人各得其所烏有盜賊哉作盜賊篇第十一

詐僞篇

霸代王而淳朴散利勝義而詐僞生其來亦久矣夫孔子曰上好禮則民莫敢不敬上好義則民莫敢不服上好信則民莫敢不用情明王道辨義利崇廉耻固去詐去僞之本然刑者聖人有不能廢也作詐僞篇第十二

訴訟篇

易著訟卦書稱嚚訟則雖五帝三王之世不能無訟人有不平形之於訟情也然至於誣人以訟謂之情

可乎孔子曰聽訟吾猶人也必也使無訟乎夫無訟聖人所難也然郡縣得一賢守宰苟能行之以漸雖無訟可也作詐訟篇第十三

鬬敺篇

古者父母之讐不與共戴天兄弟之讐不反兵交游之讐不同國居父母兄弟朋友之讐止如是後世一言睚眦輙起而鬬鬬而至於傷至於殺其有司之政不舉風俗之日偷且薄可見巳甚而食祿共位比肩事主爭豪髮利卽攘臂相向飛文相抵所以令於下

者皆自上犯之欲以化民得乎懲將來監巳往作鬭毆篇第十四

殺傷篇

禍而至於殺人極矣然情有謀故誤戲之異而罰亦有死杖流贖之殊研之窮之審之覆之古人所以深致慎焉者哀民死之易而生之難也敬之敬之毋淫於刑哉作殺傷篇第十五

禁令篇

戒之使避曰禁示之使從曰令一禁一令各專一事

無所統該故上自朝廷下逮倡優走賤莫不備列使人知所避嚮而遠於罪作禁令篇第十六

雜犯篇

人之犯名義觸刑辟不可以一途盡不可以一類求因其已然制於未然作雜犯篇第十七

捕亡篇

凡囚之在獄而亡在流而亡軍士之臨陣而亡與家而亡奴婢之背主而亡凡有罪而在亡者捕之各有律作捕亡篇第十八

不教而民從之上也以身教之也教之而後從次也以言教之也不教而強之從下也既不能以身又不能以言而以威迫之也迫之而猶有弗從者焉乃從而刑之刑之而當罪民固無憾又從而虐之苦之誣之抑之飢而不爲之食寒而不爲之衣疾而不爲之藥有罪無罪同歸於非命而死不亦大可哀乎故書曰欽哉欽哉惟刑之恤哉作恤刑篇第十九

恤刑篇

平反篇

天下之至窮其惟寃獄乎干天和傷王化莫此爲甚故或三年而致旱或六月而飛霜此于定國雋不疑之徒日以平反爲務而子孫世食其報也夫平反有司之職也宜不待賞勸而爲之者而國家愼之重之著于賞令作平反篇第二十

赦宥篇

赦宥者權事之宜可也列聖以來或以初政更新或以大禮行慶或以捄災卹生更或以懷遠招携事旣不同赦亦有異至於釋京畿繫囚則或以特赦或以

佛事有司往往以罪輕而疑者應之然所釋有數故又有幸不幸存焉本忠厚示欽恤作赦宥篇第二十一

獄空篇

傳曰刑期于無刑又曰必也使無訟乎無訟斯無刑矣雖聖人爲政不能不爲之刑所貴刑措而不用耳是故獄空者化行俗美無訟而獄空者上也有司廉明隨事裁決而獄空者次也苟不得其上得其次斯亦可矣今所紀獄空内自京畿外止山東河北諸郡

天下獄空未必止此有司載之弗能詳也嗚呼彼獄空者其無刑乎其無訟乎使天下皆得賢有司致此非難也作獄空篇第二十二

附錄序

憲典之有附錄何議法者有沿革之不倫建言者有作輟之不一載之則非今日之循行削之則没一代之典故於是事可入例者錄於前事難徧舉者附於後至於用罰之重輕上下之比附論人之淑慝有始終之異同善惡之彰癉枉直之舉錯具存於是而公

論自著焉此附錄之所由作也嗟夫治具百端性初一致齊其末唯見其略揣其本不勝其煩有志德禮之君子尚鑒于兹哉

工典總序

有國家者重民力節國用是以百工之事尚儉朴而貴適時用戒奢縱而慮傷人心安危興亡之機係焉故不可不慎也六官之分工居其一請備事而書之

一曰宮苑朝廷崇高正名分苑囿之作以宴以怡次

二曰官府百官有司大小相承各有次舍以奉其職

次三曰倉庫貢賦之入出納有恒慎其蓋藏有司之
事次四曰城郭建邦設都有禦有禁都鄙之章君子
是正次五曰橋梁川陸之通以利行者君子爲政力
不虛捐次六曰河渠四方萬國達於京師鑿渠通舟
輸載克敏次七曰郊廟辨方正位以建皇都郊廟祠
祀爰奠其所次八曰僧寺竺乾之祠爲惠爲慈曰可
福民寧不崇之次九曰道宮老上清淨流爲禱祈有
觀有宮有壇有祠次十曰廬帳之作比於宮室于野
于處禁衛廬帳斯飭次十一曰兵器時既治平乃韜

甲兵備干不虞庀工有程次十二曰鹵簿國有大禮鹵簿斯設儀繁物華萬夫就列次十三曰玉工次十四曰金工次十五曰木工次十六曰摶埴之工次十七曰石夫天降六府以足民用貴賤殊制法度見焉次十八曰絲枲之工次十九曰皮工次二十曰氈罽之工服用之備有絲有枲有皮有毛各精厥能次二十一曰畫塑之工次二十二曰諸匠像設之精絺繪之文百枝效能各有其屬

宫苑

國家龍飛朔土始於和寧營萬安諸宫及定鼎幽燕乃大建朝廷城郭宗廟宫室官府庫庾大内在國都之中以朝羣臣來萬方又以開平爲上都夏行幸則至焉制度差矣中都建於至大間後亦希幸其它游觀之所離宫别館奢不踰侈儉而中度可考而見焉

官府

國家設官分職則各有聽政之所故上自省臺院部下而府司寺監以及乎外郡有司雖室宇之崇卑不等然其廳事之設施與夫史胥之按牘咸具其所而

上下之等辨矣

倉庫

國之有倉廩府庫所以爲民也我朝倉庫之制以北則有上都宣德諸處自都而南則通州河西務御河及外郡常平諸倉以至甘州有倉鹽茶有局所供億京師賑恤黎庶者其措置之方可謂至矣

城郭

國家建元之初卜宅于燕因金故都時方經營中原未暇建城郭厥後人物繁夥隘不足以容迺經營舊

城東北而定冎焉於是埤堞之崇樓櫓之雄池隍之後高深中度勢成金湯而後上都中都諸城咸倣此而建焉

橋梁

都城初建庶事草創其內外橋梁皆架木爲之而覆以土凡一百五十六至大德間年深木朽有司以爲言攺修用石都水監計料工部應付工物委官督工修理然後人無病涉之患

河渠

太史公河渠一書所以載水利者甚悉蓋水雖能爲害然人得其疏導蓄泄之方以順其潤下之性則爲利亦大矣國家定都幽燕上決白浮雙塔諸水導之爲通惠河以濟漕運又爲之立牐壩以節其盈涸舟楫既通而京師無告乏之弊至導渾河疏灤水而武清平灤無沒溺之患浚冶河障滹沱而眞定免決齧之虞開會通于臨清以通南北之貨疏陝西之三白以漑關中之田泄江湖之淫潦立捍海之橫塘而瀕右之民免墊溺之憂害既除利以興作河渠

郊廟

祀國之大事也故有國者必先立郊廟而社稷繼之我朝旣遵古制而又有影堂焉有燒飯之院焉所以致其孝誠也至如祀孔子爲宣聖太公爲武成推而至於三皇亦咸爲之廟食若太史司天之有臺城隍嶽瀆之有祠其所以荅神休報靈貺之意則又至矣夫

僧寺

自佛法入中國爲世所重而梵宇遍天下至我朝尤

加崇敬室宫制度咸如帝王居而侈麗過之或賜以内帑或給之官帑雖所費不貲而莫與之較故其甍棟連接簷宇翬飛金碧炫耀亘古莫及吁亦盛矣哉

道宫

老子之道以無爲宗虚爲祖知雄白而守雌黑故能柔强勝堅安危平險天下莫能賓萬物不敢臣孰是爲右契以御天下而天下莫之先舉世崇尚爲之築宫室立臺榭固非一日其教雖有正一全眞大道之殊而我朝尊寵之隆則與釋氏並乃若琳宇之穹崇

璇宮之宏邃皆出於國家經費而莫之靳亦豈其道非常之所致歟

廬帳

我朝居朔方其俗逐水草無常居故爲穹廬以便移徙後雖定邦邑建宮室而行幸上都春秋往返跋涉山川遂乃因故俗爲帳殿房車以便行李其不欲興土木以勞民之意亦仁矣哉

兵器

居安慮危有國之大戒安不忘戰有備則無患也故

兵雖凶器而不可一日廢我朝承平日久四海晏然兵器似非所急者而弓弩戈甲之制歲爲常貢卒有定數其制作之工鋒刃犀利視苟安忘戰口不言兵器械不精以卒與敵者葢不侔矣

鹵簿

乘輿之出入有大駕法駕其儀衛森嚴警蹕清道非以自奉也所以敬神明嚴祖宗也豈直爲觀美哉

玉工

中統二年勑徙和林白八里及諸路金玉碼碯諸工

三千餘戶於大都立金玉局至元十一年陞諸路金玉人匠總管府掌造玉冊璽章御用金玉珠寶衣冠束帶器用几榻及后宮首飾凡賜賚須上命然後製之

金工

攻金之工以煆鏸爲職器以適用而等威之辨實行乎其間若符印以示信也而印鈕之制則有龍獸駝龜之別金銀銅雖異而又有三臺二臺之辨焉符牌之分金銀固也而有二珠雙箄之異如此而后品秩

之崇較然有不可紊者矣其它如祭器以致敬銅人以驗鍼灸步占之渾儀沙門之佛像與凡器用之需莫不取給焉故雜造有府器物有局又立民匠總管以總之其制度亦詳矣哉

木工

木工之名則一而其藝有大小如營建宮室則大木之職也若舟車以濟不通凡挨以適用此皆小木之爲也故鏇匠有局繕工有司民匠雜造之有府歲爲定制以備用焉

摶埴之工

埏埴小藝也而其用至要宮室以蔽風雨而瓴甓是需故爲窯塲以埏埴之煅煉之而所用備矣

石工

夫石之爲物其理麤其質堅故琢磨之工倍於玉而我朝攻石之工製以花卉鳥獸之像作爲器用則務極其精巧云

絲枲之工

國朝治絲之工始自甲戌年間有史道安者精於其

藝遂以御衣尚衣同爲三局高麗諸王亦立局焉如
異樣綾錦紗羅三提舉司又置府以總之其大都等
路諸色民匠及大都人匠隨路諸色民匠又各立府
以督之其外道行省諸局雖不與此如御用諸王衆
用者亦各有差常課之外不時之需謂之横造然其
染夏之工織造之制刺繡之文咸極其精緻焉

皮工

製皮爲衣以禦寒也而大祀之用禮不可廢我朝起
朔方都幽燕皆苦寒之地故皮服之需尤急乃設爲

寺監司局以專掌之而其桼治之方裁製之巧則又非昔人之所及也

氈罽

氈罽之用至廣也故以之蒙車馬以之藉地馬而鋪設障蔽之需咸以之故諸司寺監歲有定製以給用焉

畫塑

繪事後素此畫之序也而織以成像宛然如生有非采色塗抹所能及者以土像形又其次焉然後知工

人之巧有奪造化之妙者矣

諸匠

國家初定中夏制作有程乃鳩天下之工聚之京師分類置局以考其程度而給之食復其戶使得以專於其藝故我朝諸工制作精巧咸勝往昔矣

元文類卷之四十二　終

元文類卷之四十三

元　趙郡蘇天爵伯修父編次

太原王守誠君實父校訂

雜著

四經序錄 易書詩春秋　吳澄

易伏羲之易昔在皇羲始畫八卦因而重之爲六十四當是時易有圖而無書也後聖因之作連山作歸藏作周易雖一本諸伏羲之圖而其取用蓋各不同焉三易旣亡其二而周易獨存世儒誦習知有周易

而巳伏羲之圖鮮或傳授而淪落于方伎家雖其說具見於夫子之繫辭說卦而讀者莫之察也至宋邵子始得而發揮之於是人乃知有伏羲之易而學易者不斷自文王周公始也今於易之一經首揭此圖冠於經端以爲伏羲之易而後以三易繼之葢欲使夫學者知易之本原不至尋流逐末而昧其所自云爾

連山夏之易周禮太卜掌三易一曰連山二曰歸藏三曰周易其經卦皆八其別皆六十有四或曰神農

作連山夏因之以其首艮故曰連山今亡
歸藏商之易子曰我欲觀殷道是故之宋而不足徵也吾得坤乾焉說者以坤乾爲歸藏或曰黃帝作歸藏商因之以其首故曰歸藏今亡
周易上下經二篇文王周公作彖象繫辭上下文言說卦序卦雜卦傳十篇夫子作秦焚書周易以占筮獨存漢志易十二篇蓋經二傳十也自魏晉諸儒分彖象文言入經而易非古注疏傳誦者苟且仍循以逮於今宋東萊先生呂氏始考之以復其舊而朱子

因之第其文字闕衍謬誤未悉正也故今重加修訂親舊本頗爲精善雖於大義不能有所損益而於羽翼遺經亦不爲無小補云

書二十八篇漢伏生所口授者所謂今文書也伏生故爲秦博士焚書時生壁藏之其後兵起流亡漢定生求其書亡數十篇獨得二十八篇以教授於齊魯之間孝文時求能治尚書者天下無有欲召生時年九十餘矣不能行詔太常遣掌故晁錯往受之生老言不可曉使其女傳言教錯齊人語多與潁川異錯

所不知凡十二三略以其意屬讀而已夫此二十八篇伏生口授而晁錯以意屬讀者也其間闕誤顛倒固多然不害其爲古書也漢魏數百年間諸儒所治不過此爾當時以應二十八宿蓋不知二十八篇之外猶有書也東晉元帝時有豫章內史梅賾增多伏生書二十五篇稱爲孔氏壁中古文鄭冲授之蘇愉愉授梁柳柳之內兄皇甫謐從柳得之以授臧曹曹授梅賾賾遂奏上其書今孜傳記所引古書在二十五篇之內者鄭玄趙岐韋昭王肅杜預輩並指爲逸

書則是漢魏晉初諸儒曾未之見也故今特出伏氏二十八篇如舊以爲漢儒所傳確然可信而晉世晚出之書別見于後以俟後之君子擇焉

書二十五篇晉梅賾所奏上者所謂古文書也書有今文古文之異何哉晁錯所受伏生書以隸寫之隸者當世通行之字也故曰今文魯恭王壞孔子宅得壁中所藏皆科斗書科斗者倉頡所製之字也故曰古文然孔壁中眞古文書不傳後有張霸僞作舜典汨作九共九篇大禹謨益稷五子之歌胤征湯誥咸

有一德典寶仮訓肆命原命武成旅獒冏命二十四篇目爲古文書漢藝文志云尚書經二十九篇古經十六卷二十九篇者卽伏生今文書二十八篇及武帝時增僞泰誓一篇也古經十六卷者卽張霸僞古文書二十四篇也漢儒所治不過伏生書及僞泰誓共二十九篇爾張霸僞古文雖在而辭義蕪鄙不足取重於世以售其欺及梅賾二十五篇之書出則凡傳記所引書語注家指爲逸書者收拾無遺旣有證驗而其言率依於理比張霸僞書遼絶矣析伏氏書

二十八篇爲三十三雜以新出之書通爲五十八篇并書序一篇凡五十九有孔安國傳及序世遂以爲眞孔壁所藏也唐初諸儒從而爲之疏義自是以後漢世大小夏侯歐陽修所傳尚書止有二十九篇者廢不復行惟此孔氏傳五十八篇孤行於世伏氏書旣與梅賾所增混淆誰復能辨竊嘗讀之伏氏書雖難盡通然辭義古奥其爲上古之書無疑梅賾所增二十五篇體製如出一手采集補綴雖無一字無所本而平緩卑弱殊不類先漢以前之文夫千年古書

最晩乃出而字畫略無脫誤文勢略無齟齬不亦大可疑乎吳氏曰增多之書皆文從字順非若伏生之書詰曲聱牙夫四代之書作者不一乃至二人之手而定爲二體其亦難言矣朱子曰書凡易讀者皆古文豈數百年壁中之物不訛損一字者又曰伏生所傳皆難讀如何伏生儒記其所難而易者全不能記也又曰孔書至東晉方出前此諸儒皆未見可疑之甚又曰書序伏生時無之其文甚弱亦不是前漢人文字只似後漢末人又曰小序決非孔門之舊安國

序亦非西漢文章又曰先漢文字重厚今大序格致極輕又曰尚書孔安國傳是魏晉間人作託安國爲名耳又曰孔傳並序皆不類西京文字氣象與孔叢子同是一手僞書蓋其言多相表裏而訓詁亦多出於小爾雅也夫以吳氏朱子之所疑者如此顧徵何敢質斯疑而斷斷然不敢信此二十五篇之爲古書則是非之心不可得而昧也故今以此二十五篇自爲卷表以別於伏氏之書而小序各冠篇首者復合爲一以寘其後孔氏序亦并附焉而因及其所可疑

非徵之私言也聞之先儒云爾

詩風雅頌凡三百十一篇皆古之樂章六篇無辭者笙詩也舊蓋有譜以記其音節而今亡其三百五篇則歌辭也樂有八物人聲爲貴故樂有歌歌有辭鄉樂之歌風曰其詩乃國中男女道其情思之辭人心自然之樂也故先王采以入樂而被之弦歌朝廷之樂歌曰雅宗廟之樂歌曰頌於燕饗焉用之於會朝焉用之於享祀焉用之因是樂之施於是事故因是事而作爲是辭也然則風因詩而爲樂雅頌因樂而

爲詩詩之先後於樂不同其爲歌辭一也經遭秦火樂亡而詩存漢儒以義說詩既不知詩之爲樂矣而其所說之義亦豈能知詩人命辭之本意哉由漢以來說三百篇之義者一本詩序詩序不知始於何人後儒從而增益之鄭氏謂序自爲一編毛公分以寘諸篇之首夫其初之自爲一編也詩自詩序自序序之非經本旨者學者猶可考見及其分以寘諸篇之首也則未讀經文先讀詩序序乃有似詩人所命之題而詩文反若因序以作於是讀者必索詩於序之

中而誰復敢索詩於序之外者哉宋儒頗有覺其非者而莫能去也至朱子始深斥其失而去之然後足以一洗千載之謬徵嘗因是舍序而讀詩則雖不煩訓詁而意自明又嘗爲之强詩以合序則雖曲生巧說而義愈晦是則序之有害於詩爲多而朱子之有功於詩爲甚大也今因朱子所定去各篇之序使不淆亂乎詩之正文學者因得以詩求詩而不爲序說所惑若夫詩篇次第則文王之二南而間有平王以後之詩成王之雅頌而亦有康王以後之詩變雅之

中而或有類乎正雅之辭者今既無從考据不敢輙爲之紛更至若變風雖入樂歌而未必皆有所用變雅或擬樂辭而未必皆爲樂作其與風雅合編蓋因類附載云爾商頌商時詩也七月夏時詩也皆異代之辭故處頌詩風詩之末魯頌乃其臣作爲樂歌以頌其君不得謂之風故係之頌周公居東時詩非擬朝廷樂歌而作不得謂之雅故附之豳風焉

春秋經十二篇左氏公羊穀梁文有不同昔朱子刻易書詩春秋於臨漳郡春秋一經止用左氏經文而

曰公穀二經所以異者類多人名地名而非大義所繫故不能悉具瀸竊謂三傳得失先儒固言之矣載事則左氏詳於公穀釋經則公穀精於左氏意者左氏必有按據之書而公穀多是傳聞之辭況人名地名之殊或繇語音字畫之舛此類壹從左氏是也然有考之於義的然見左氏爲失而公穀爲得者則又豈容以偏徇哉嗚呼聖人筆削魯史致謹於一字之微三家去夫子未久也文之脫謬已不能是正尚望其能有得於聖人之微意哉漢儒專門守殘護闕不

合不公誰復能貫穿異同而有所去取至唐啖助趙匡陸淳三子始能信經駁傳以聖人書法纂而爲例得其義者十七八自漢以來未聞或之先也觀趙氏所定三傳異同用意密矣惜其與奪未能悉當間甞再爲審訂以成其美其間不繫乎大義者趙氏於三家從其多今則如朱氏意專以左氏爲主儻義有不然則從其是左氏雖有事跡亦不從也一斷諸義而已嗚呼屬辭比事春秋教也徵欲因啖趙陸氏遺說博之以諸家參之以管見使人知聖筆有一定之法而是

經無不通之例不敢隨文生義以侮聖言顧有此志而未暇就故先爲正其史之文如此若聖人所取之義則俟同志者共講焉

三禮敘錄（儀禮周官小戴記大戴記）

儀禮十七篇漢興高堂生得之以授瑕丘蕭奮奮授東海孟卿卿授后倉倉授戴德戴聖大戴小戴及劉氏別錄所傳十七篇次第各不同尊卑吉凶先後倫序惟別錄爲優故鄭氏用之今行於世禮經殘缺之餘獨此十七篇爲完書以唐韓文公尚若難讀況其

下者自宋王文公行新經義廢黜此經學者益罕傳習朱子考定易書詩春秋四經而謂三禮體大未能緒正晚年欲成其書如此至惓惓也經傳通解乃其編類草稾將俟喪祭禮畢而筆削焉無祿弗逮遂爲萬世之闕典澂每伏讀而爲之惋惜竊謂樂經既亡禮經僅存五易之彖傳象傳本與繫辭文言說卦序卦雜卦諸傳共爲十翼居上下經二篇之後者也而後人以入卦爻之中詩書之序本自爲十篇居國風雅頌典謨誓誥之後者也而後人以冠各篇之首春

秋三經三傳初皆別行公穀配經其來已久最後注
左氏者又分傳以附經之年何居史傳文序文與經
混淆不惟非所以尊經且於文義多所梗礙歷千數
百年而莫之或非也莫之或正也至東萊呂氏於易
始因晁氏本定爲經二篇傳十篇朱子於詩書各除
篇端小序合而爲一以寘經後春秋一經雖未暇詳
校而亦別出左氏經文併以刊之臨漳於是易書詩
春秋悉復夫子之舊五經之中其未爲諸儒所亂者
惟二禮經然三百三十不存蓋十之九矣朱子補其

遺闕則編類之初不得不以儀禮爲綱而各疏其下脫稾之下必將有所科别決不但如今稾本而巳若執稾本爲定則經之章也而以後記補記補傳分隸分古於其左也與彖象傳之附易經者有以異乎否也夫以易書詩春秋之四經旣幸而正而儀禮之一經又不幸而亂是豈朱子之所以相遺經者哉徒知尊信草創之書而不能探索未盡之意亦豈朱子之所以望後學者哉嗚呼由朱子而來至於今將百年然而無有乎爾瀫之至愚不肖猶幸得以私淑於其

書實受罔極之恩善繼者卒其未卒之志善述者成其未成之事抑亦職分之所當然也是以忘其僭妄輒因朱子所分禮章重加倫紀其經後之記依經章次秩叙其文不敢割裂一仍其舊附于篇終其十七篇次第並如鄭氏本更不閒以它篇庶十七篇正經不至雜糅二戴之記中有經篇者離之爲逸經禮各有義則經之傳也以戴氏所存兼劉氏所補合之而爲傳正經之首逸經次之傳終焉皆别爲卷而不相紊此外悉以歸諸戴氏之記朱子所輯及黃氏喪禮

楊氏祭禮亦參伍以去其重復名曰朱氏記而與二戴爲三凡周公之典其未墜於地者蓋略包舉而無遺造化之運不息則天之所秩未必終古而廢壞有議禮制度考文者出所損所益百世可知也雖然苟非其人禮不虛行存誠主敬致知力行下學而上達多學而一貫以得夫堯舜禹湯文武周孔之心俾吾朱子之學末流不至於漢儒學者事也澂也不敢自棄同志其尚敦勗之哉

儀禮逸經八篇澂所纂次漢興高堂生得儀禮十七

篇後魯共王壞孔子宅得古文禮經於孔氏壁中凡五十六篇河間獻王得而上之其十七篇與儀禮正同餘三十九篇藏在祕府謂之逸禮哀帝初劉歆以列之學官而諸博士不肯置對竟不得立孔鄭所引逸禮中霤禮禘于太廟禮王居明堂禮皆其篇也唐初猶存諸儒曾不以爲意遂至於亡惜哉今所纂八篇其二取之小戴記其三取之大戴記其三取之鄭氏注奔喪也中霤也禘于太廟也王居明堂也固得儀禮三十九篇之四而投壺之類未有考焉疑古禮

逸者甚多不止於三十九也投壺奔喪篇首與儀禮諸篇之體如一公冠等三篇雖已不存此例蓋作記者刪取其要以入記非復正經全篇矣投壺大小戴不同奔喪與逸禮亦異則知此二篇亦經刋削但未如公冠等篇之甚耳五篇之經文殆皆不完然實爲禮經之正篇則不可以其不完而擯之於記故特纂爲逸經以續十七篇之末至若中霤以下三篇其經亡矣而篇題僅僅見於注家片言隻字之未泯者猶必收拾而不敢遺亦我愛其禮之意也

儀禮傳十篇澂所纂次按儀禮有士冠禮士昏禮戴記則有冠義昏義儀禮有鄉飲酒禮鄉射禮大射禮戴記則有鄉飲酒義射義以至於燕聘皆然蓋周末漢初之人作以釋儀禮而戴氏抄以入記者也今以此諸篇正爲儀禮之傳故不以入記依儀禮篇次粹爲一編文有不次者頗爲更定射義一篇迭陳天子諸侯卿大夫士之射雜然無倫釐之爲鄉射義大射義二篇士相見義公食大夫義則用淸江劉氏原父所補並因朱子而加考詳焉於是儀禮之經自一至

九經名有其傳矣惟覲義闕然大戴朝事一篇實釋諸侯朝覲天子及相朝之禮故以備覲禮之義而共爲傳十篇云

周官六篇其冬官一篇闕漢藝文志序列於禮家後人名曰周禮文帝嘗召至魏文侯時老樂工因得春官大司樂之章景帝子河間獻王好古學購得周官五篇武帝求遺書得之藏于祕府禮家諸儒皆莫之見哀帝時劉歆校理祕書始著于錄略以考工記補冬官之闕歆門人河南杜子春能通其讀鄭衆賈逵

受業於杜漢末馬融傳之鄭玄玄所注今行於世宋張子程子甚尊信之王文公又爲新義朱子謂此經周公所作但當時行之恐未能盡後聖雖復損益可也至若肆爲排觝訾毁之言則愚陋無知之人耳冬官雖闕今仍存其目而考工記別爲一卷附之經後云

小戴記三十六篇澄所序次漢興得先儒所記禮書三百餘篇大戴氏删合爲八十五小戴氏又損益爲四十三曲禮檀弓雜記分上下馬氏增以月令明堂

位樂記鄭氏從而爲之注總四十九篇精粗雜記靡所不有秦火之餘區區掇拾所謂存十一於千百雖不能以皆醇然先王之遺制聖賢之格言往往賴之而存第其諸篇出於先儒著作之全書者無幾多是記者旁搜博釆勦取殘編斷簡會稡成篇無復詮次讀者每病其雜亂而無章唐魏鄭公爲是作類禮二十篇不知其書果何如也而不可得見朱子甞與東萊先生呂氏商訂三禮篇次欲取戴記中有關於儀禮者附之經其不係於儀禮者仍別爲記呂氏旣不

及荅而朱子亦不及爲幸其大綱存於文集猶可攷也晚年編校儀禮經傳則其條例與前所商訂又不同矣其間所附戴記數篇或削本篇之文補以它篇之文今則不敢故止就本篇之中科分櫛剔以類相從俾其上下章文義聯屬章之大指標識于左庶讀者開卷瞭然若其篇第則大學中庸程子朱子既表章之以與論語孟子並而爲四書固不容復厠之禮篇而投壺奔喪實爲禮之正經亦不可以雜之於記其冠義昏義鄉飲酒義射義燕義聘義六篇正釋儀

禮別輯爲傳以附經後矣此外猶三十六篇曰通禮者九曲禮外則少儀玉藻通記小大儀文而深衣附焉月令王制專記國家制度而文王世子明堂位附焉曰喪禮者十有一喪大記雜記喪服小記服問檀弓曾子問六篇記喪而大傳間傳問喪三年問喪服四制五篇則喪之義也曰祭禮者四祭法一篇記祭而郊特牲祭義祭統三篇則祭之義也曰通論者十有二禮運禮器經解一類哀公問仲尼燕居孔子間居一類坊記表記緇衣一類儒行自爲一類學記樂

記其文邪馴非諸篇比則以爲是書之終嗚呼由漢以來此書千有餘歲矣而其顛倒糾紛至朱子始欲爲之是正而未及竟豈無望於後之人歟用敢竊取其義修而成之篇章文句秩然有倫先後始終頗爲精審將來學禮之君子於此考信豈有取乎非但爲戴氏忠臣而已也

大戴記三十四篇澂所序次按隋志大戴記八十五篇今其書闕前三十八篇始三十九終八十一當爲四十三篇中間第四十三第四十四第四十五第六

十一四篇復闕第七十三有二總四十篇據云八十
五篇則未又闕其四或云止八十一皆不可考竊意
大戴類稡此記多爲小戴所取後人合其餘篇仍爲
大戴記已入小戴記者不復錄而闕其篇是以其書
冗泛不及小戴書甚蓋彼其膏華而此其查滓爾然
尚或間存精語不可棄遺其與小戴重者投壺哀公
問也投壺公冠諸侯遷廟諸侯釁廟四篇既入儀禮
逸經朝事一篇又一儀禮傳哀公問小戴已取之則
於彼宜存於此宜去此外猶三十四篇夏小正猶月

令也明堂猶明堂位也本命以下雜錄事辭多與家語荀子賈傳等書相出入非專爲記禮設禮運以下諸篇之比也小戴文多綴補而此皆成篇故其篇中章句罕所更定惟其文字錯誤參互考校未能盡正尚以俟好古博學之君子云

春秋諸國統紀序錄

齊履謙

孔子嘗曰我欲觀夏道是故之杞而不足證也我欲觀商道是故之宋而不足證也我觀周道幽厲傷之吾舍魯何適矣此聖人所以託魯史以寓王法也故

學春秋者當先觀聖人所書一魯十二公二百有四十二年之事其文可證也其誼可推也其治亂得失反復一代之變可覆而視也始於隱元者魯史之所自起也志禮樂志征伐志會盟志賦稅志軍甲志城築志田邑志災異志世卿志夫人內女獨備於諸國者非特爲詳內錄也夫以春秋而視周典則魯爲極亂以魯而視當時齊晉諸國則豈無所謂一變再變至道難易之等差哉固其事著其筆削蓋所以訓也後之作者尚有考於斯故敘魯國春秋統紀第一

詩降黍離於國風示天下不復有雅春秋夷周室於
侯邦傷王道莫之能亢也當是時周史固在也十三
王之世次先後可考也然而春秋不以周統書元而
但以周正首事其意可知也書歸物者三書來求者
三書錫命者三書出師者三書天王出居于鄭繼書
天王居于狄泉入于成周書王扎子殺召伯毛伯書
天王殺其弟佞夫繼書王室亂王子猛卒德日朘力
日蹙變日極矣孔子曰如有用我者吾其爲東周乎
蓋傷周室陵遲雖有繼世之王亦不能以復興矣此

制作之本旨也豈有禮樂征伐不自已而出哉故敘

周王春秋統紀第二

公羊氏曰大國言齊宋夫宋王者之後而中國之望也陳舜之後也杞夏之後也宋商之後也原其始封皆公爵也而在春秋陳但稱侯杞則始稱侯至莊之二十七年書伯僖之三十三年降而書子訖春秋之世凡三書而三降焉惟宋獨終始公爵雖讓公圖霸無功戰敗身傷而宋爲諸侯之望曾不改舊故晉文以解宋圍而成一戰之霸悼公以討魚石而興三駕

之功春秋外平不書至宋楚平則書之其大勢可見矣故叙宋國春秋統紀第三

五霸前此未有也齊創之而晉次之也雖然當是時也王道衰諸侯恣威勢以相脅傾詐以相尚天下皆是也大則宋魯衛鄭之邦小則邾莒滕薛之國其能知尊周者誰歟以禮爲國者誰歟推其本心無非桓文也考其行事亦無非桓文也其所以不爲桓文者非不欲也特智有所不逮力有所不及耳故孟子論春秋不舉他國而獨以二公爲稱者意蓋如此故叙

齊國春秋統紀第四

近代永嘉陳氏有言古者諸侯無私史晉之乘楚之檮杌魯之春秋皆東遷之史也今以此言考之春秋凡諸侯書卒者皆有國史以考其世次者也其不書卒者或國滅失其本史或國雖在而未有史皆無所考其世次者也又其世次有入春秋即見者有近後方有者若秦至文十八年始書康公卒薛至莊三十一年始書薛伯卒杞至僖二十三年始書成公卒莒至成十四年始書渠丘公卒邾至莊十六年始書邾

子克卒許至僖四年始書穆公卒楚至宣十八年始書莊王卒吳至襄十二年始書王壽夢卒晉則至僖九年始書獻公卒凡此其史之所起有久近故其世次所書有先後然則陳氏之言於是乎信故叙晉國

春秋統紀第五

子路問於孔子曰衛君待子而爲政子將奚先孔子曰必也正名乎名不正則言不順事不成禮樂不興刑罰不中而民無所措手足夫靈公黜其子而子其孫出公不父其父而禰其祖蒯聵爭入曼姑圍戚至

此則人倫之不正甚矣故天子因子路之問而啓之然此言也雖則專爲衛輒而發夷考春秋所書若州吁若惠公若公孫剽本其禍亂無非不知正名之罪然後知夫子之言所包者廣非止於一人一事而已也不然衛以康叔封國察其政俗兄弟吾魯加以内無專國之臣外少諸侯之事於斯時也苟能君君臣臣父父子子兄兄弟弟夫夫婦婦人倫之無不適其正也其於禮樂之興也何有故叙衛國春秋統紀第六

古者王制諸侯之爵次其先後有序在周官大司馬設儀辨位以等邦國猶天建地設不可亂也及春秋時禮制既亡霸者以意之向背爲升降諸國以勢之强弱相上下故自入春秋蔡常先衛隱十年伐戴書宋人蔡人衛人桓五年伐鄭書蔡人衛人陳人十四年又伐鄭書齊人蔡人衛人陳人十六年會于曹猶書宋公蔡侯衛侯皆先衛也自是厥後代鄭之役納衛惠之師遂序於衛陳之下矣雖云至有後先亦以國勢孱弱不能自强於治可見矣其世從楚而受楚

禍也宜哉故叙蔡國春秋統紀第七
春秋赴告之說始於左氏其言曰諸侯有命告則書不然則否師出臧否亦如之雖及滅國滅不告敗勝不告克不書于策其意本謂鄰國相好或同惡以相仇或同利以相濟於是乎有赴告之命如傳言宋人取郜田郜人告於鄭曰請君釋憾於宋弊邑爲道鄭人以王命告伐宋之類非謂毎事毎國必皆赴告凡春秋所有事皆當時承赴告而書者誠如此言不惟當時諸國封壤有遠近情好有疎密而且國有諱忌

事固有不可告與夫不當告及不能告者而春秋皆書之桓五年春正月甲戌己丑陳侯鮑卒甲戌之下本闕陳佗作亂事而左傳以謂陳亂國人分散故再赴昭九年夏四月陳災陳亡矣定無來告者而胡氏以謂叙弓會楚子于陳還言之朝凡若此者皆泥於赴告之說之弊也要之春秋之作各從本史於理爲通赴告之說恐不盡然也故叙陳國春秋統紀第八

鄭在春秋列國最爲後封於諸姬爲近然當春秋之初鄭爲亂階書克段書來輸平書歸祊書假許田書

從王伐鄭皆特筆也其後方楚之北征諸夏而鄭與陳蔡許四國適當其衝陳蔡許終始春秋甘爲楚之從而鄭介晉楚之間居二國必爭之地朝從楚盟晉師暮至暮從晉盟楚師朝至其爲國也難哉向非子產以禮自固使晉楚之暴不能加焉則鄭國之丘墟當不終於春秋矣善乎劉安世之論曰鄭蕞爾國又時有君臣之亂得子產然後安然子產爲政時晉楚漸衰又能事之區區小國攝乎大國之間能自保巳爲難若妄作則滅亡矣傳稱子產善相小國謂此也

故敘鄭國春秋統紀第九

春秋至用兵輕重淺深各有不同而其甚莫極於滅滅者亡國之重辭也宋景公入曹以曹伯陽歸春秋上書入而左氏傳其事謂曹伯陽好田弋鄙人公孫彊因進田弋之說陽好之彊因言霸說陽乃背晉而奸宋宋伐之晉不救而遂滅故嘗因是考之經有書滅而實未嘗滅者襄六年書莒人滅鄫昭四年書取鄫是則鄫未嘗滅定六年書鄭游速帥師滅許以許男斯歸哀三年書許男成卒則是許未嘗滅亦有經

書入而傳則謂滅國亦不復見者僖二十年書秦人入滑傳謂滅滑而還而滑亦不復見哀八年書宋公入曹傳謂晉不救而遂滅而曹亦不復見蓋未嘗滅者或復存之其入而國不復見者皆自亡也故叙曹國春秋統紀第十

秦自穆公始入春秋僖十五年與晉惠公戰于韓原其勢固已悍然矣及再納晉文主盟中華穆公外雖從晉盟會內則蓄其威武投間抵隙待時而發故文公方卒今年滅滑明年伐晉用敗殽之師出罪已之

言威行東夏奄宅西戎斯可謂秦之顯公矣故春秋秦自彭衙以前入滑圍鄭盟于翟泉會于温師于城濮凡穆公之事莫不皆備錄之康共而下則若有不盡記者非闕文也直謂其不足詳耳故叙秦國春秋統紀第十一

春秋降爵之國薛自侯降爲伯滕自侯降爲子杞自公降爲侯又降爲伯又降爲子雖其所以降不可知固以見其國勢朘削日就卑替或曰薛與滕杞自入春秋不與諸侯會盟者各百餘年至成五年蟲牢始

書杞伯成十三年伐秦始書滕人襄元年圍彭城始
書薛人其日日就卑替者何也曰是又不然夫春秋
之有會盟本所以控大國扶小國也故其徵令不濫
而諸侯有序蔡丘之盟盟之大者也而與盟者止於
八國杞滕薛不在焉踐土之盟亦盟之大者也而與
盟者亦止於八國杞滕薛亦不在焉此桓文之盛而
小國所以賴也霸政下衰盟會數而賦役煩雖大國
容有不至而小弱如杞滕薛之倫莫不奔走而聽命
雖空乏其國家困踣於道路而有不遑恤者且宋災

細故也爲會而更所喪者十有二國也城杞末務也相率而受其功者亦十有二國也甚而至於晉定之召陵之役在會者十有八國而劉子且不數焉其得失可知也由是言之其得與於會盟者非進之也適所以就其卑替耳故叙薛國春秋統紀第十二

杞既降而書子矣而又退從人臣之列其降而書子吾不知其所從來退從人臣之列則有任其責者矣何以其退從人臣之列也以襄二十九年書杞子來盟則見之也經有書來盟者矣桓十四年鄭語來盟

閔二年齊高子來盟僖四年楚屈完來盟文十五年宋華孫來盟宣七年衛孫良夫來盟皆人臣也固未有諸侯書來盟者亦未有與諸侯盟而不書公者也左氏曰杞文公來盟書曰子賤之也此說非也賤之之意其不在於書子也夫杞夏之後而天子之事守也禮秩之降一至於此宜乎夫子嘗曰吾說夏禮杞不足徵也故敘杞國春秋統紀第十三

春秋以諸侯而旅見於諸侯惟二事滕侯薛侯邾人牟人葛人是也何以知爲旅見即其所書而知之也

古者諸侯之邦交名位不同禮亦異數至於旅見則必均其辭號者所以一貴賤齊等威也然則謂之侯者以君禮見者也不謂之侯者不以君禮見者也滕本非侯也薛亦然或者之說有如此者故敘滕國春秋統紀第十四

莒介居齊魯之境齊雖見伐而莒曾不敢少陵齊焉魯則自宣公平莒及郯莒人不肯至再會齊伐之于戈相尋迄無寧歲當襄公之世曾不數年而莒人伐我者三侵我者一亦可謂之强國矣故春我書莒每

次於鄭曹之下至於入向取牟婁滅鄭皆强國事也
故叙莒國春秋統紀第十五
春秋世卿非惟大國有之雖小國亦有之矣莒毋夷
邾庶其畀我邾快黑弓是也若邾儀父或以爲子克
字或以爲大夫之名按魯有行父歸父晉有林父鄭
父甲父是皆大夫名然則謂儀父爲名者非無據也
夫邾魯附庸之國其來朝於魯者數矣而魯之君臣
所以毋加兵於邾者其意責邾之不恭猶深也故旣
納其邑又分其田旣又入國而以其君歸必期至於

滅亡而後已豈先王保小寡之道哉公行鮮有不書至者惟伐邾則悉不書至豈以邾爲邦域之中七百里之內與故叙邾國春秋統紀第十六

春秋之班齊侯爵也自入僖公常序于宋公之上邾子爵也常序于薛伯之上許男爵也常序于曹伯子上復有在邢侯之上者甚而至於蜀之盟秦序宋上鄭序齊上皆習亂之事也故統紀自內魯至於降周而下竝依王爵曰公曰侯曰伯曰子曰男爵同以覲晉當先齊以齊爲霸者之倡特列居侯爵之首荆吳

僭號王爵不加焉故附于五等之後凡此庶幾春秋聖人所以道名分之意云故叙許國春秋統紀第十七

春秋自遷不書有遷之者而後書然書曰某人遷某者遷以内屬也宋人遷宿齊人遷陽是也書曰某遷于某者遷以避難也邢遷于夷儀衛遷于常丘蔡遷于州來許遷于葉于白羽于容城是也雖所遷不同而其國之危弱不能自守一也悲夫故叙宿國春秋統紀第十八

荊吳僭竊名號不與中國通者各十餘世自入春秋雖其因事制宜誼存筆削然其君書卒其大夫書名書聘使書會盟書帥師皆與諸夏冠帶之國竝列無間蓋二國之罪以先王王法論之則外之擯之誅之絶之可也以春秋信史言之則聖人拳拳於夷夏盛衰之變者深矣詳其事存其實錄所以爲後世鑒也故其書法如此故敘楚國春秋統紀第十九

吳國于東南去中夏尤遠成七年吳伐郯始見於經于鍾離于善道于祖于向皆諸侯就而會之其來交

于中國者于臧而止耳雖則資之以疲楚然吳亦亢矣艾陵之戰齊黄池之駕晉其末流有必至者春秋書之欲後世謹其始也故叙吳國春秋統紀第二十

之四十三終

元文類卷之四十四

元

趙郡蘇天爵伯修父編次
太原王守誠君實父技訂

雜著

讀易私言

許衡

初初位之下事之始也以陽居之才可以有爲矣或恐其不安於分也以陰居之不患其過越矣或恐其愞弱昬滯未足以趨時也四之應否亦類此義無應則或困於弱有應則或傷於躁大抵柔弱則坎無應而凶頤有應而凶之類也

難濟剛健則易行故諸卦柔弱而致凶者其數居多豫剝坎恒困井旅小過未濟剛健而致凶者惟大壯夬而已若總言之居初者易貞居上者難貞易貞者由其所適之道多難貞者以其所處之位極故六十四卦初爻多得免咎而上每有不可救者始終之際其難易之不同蓋如此

艮六居初者凡八陰柔處下而其性好止故在謙則合時義而得吉在咸則感未深而不足進也以是才居遁則後於人而有厲然位卑力弱反不若

不往之爲愈也蹇之時險在前也止而不往自有知幾之譽勉於進則陷乎險也艮以止於初爲義故但戒以利永貞漸之才宜若此也雖小子有言於義何咎旅雖有應而不足援也斯其所以瑣乎小過宜下而反應於上斯其有飛鳥之凶乎柔止之才大率不宜動而有應動而有應則應反爲之累矣謙最吉小過最凶

坤六居初者凡八坤柔順處下其初甚微而其積甚著故其處比與否之初也皆獲吉豫有應在上

是動於欲而不安其分也凶亦宜乎
一二與四皆陰位也四雖得正而猶有不中之累況不得其正乎二雖不正而猶有得中之美況正而得中者乎四近君之臣也二遠君之臣也其勢又不同此二之所以多譽四之所以多懼也二中位陰陽處之皆爲得中中者不偏不倚無過不及之謂其才若此故於時義爲易合時義既合則吉可斷矣究而言之凡爲陽者本吉也陽雖本吉不得其正則有害乎其吉矣雖得正矣不及其中亦未

可保其吉也必也當位居中能趨時義然後其吉乃定凡爲陰者本凶也陰雖本凶不失其正則緩乎其凶矣苟或居中猶可免其凶也必也不正不中悖於時義然後其凶乃定故陽得位得中者其吉多焉陰失位失中者其凶多焉要其終也合於時義則無不吉悖於時義則無不凶也大矣哉時之義乎

凡陽本吉凡陰本凶陽雖本吉不得其正則害乎吉矣得正矣不及其中亦未保其吉也必當位居

中能趨時義然後其吉乃定陰雖本凶不失其正則緩其凶矣失正矣或能居中猶可免其凶也必也不正不中悖於時義然後其凶乃定故陽得位得中其吉多焉陰失位失中其凶多焉要其終也合於時義則無不吉悖於時義則無不凶也大矣哉時之義乎一本究而言之以下文少不同故重錄如上以備參考

乾九二九剛健之才也而承乘又剛健是剛健之至也處陰得中有溥博淵泉時出之義臣才若此其於職位蓋綽綽然有餘裕矣夫剛健則有可久

之義得中則有適時之義兼二者而得雖無應可也況五六虛中以待巳者乎此八卦所以無悔吝而有應者尤爲美也

兌九二兌之九二剛而得中也雖上承於柔邪不足爲累此以得中之義爲務也獨節之爲卦自有中義所不足者正而已今旣不正矣其何以免於凶乎

巽九二巽之中以剛爲說巽之中以剛爲入皆有才適用之中也然兌務於上（上一陰爲主）巽務於下（下一

陰爲主其勢有所不通如井之義貴於上行也而九二無應徇已才而下之違時拂義人莫肯與以谷射甕敝取象其亦宜乎

坎九二下柔險之始也上柔險之極也而已以剛陽之才獨處中焉是已無賴於彼而彼有待於已也加以至尊應之則險道大行不爾則幾於困矣大率有應而道行則以貞幹之義爲重無應而處中則以須守之義爲重錯舉而言則卦才皆備焉

坤六二否之時不爲窮厄所動豫之時不爲逸欲

所牽非安於義分者莫能也坤六二居中履正且
又静而順焉宜其處此而無敗也雖然剸物兼人
陽之爲也柔順貞静陰之德也以陰之德而遇剝
觀則剝傷於柔而觀失於固矣夫何故時既不同
義亦隨異此六爻所以貴中正而中正之中又有
隨時之義也

震六二六二陰柔而在動體雖居中履正然下乘
剛陽成卦之主其勢不得安而處也非惟其勢不
得安而處揆其資性亦不肯安其處也或上應或

下依有失得之辨焉復無應而下仁吉之道也過此則違道而非正矣頤隨益之方受彼也上下之來又何患焉無妄之世方存誠也或應或依秖足為累他卦皆以乘剛之義為重也屯震筮嗑大率處則乘剛動有得失非坤二柔中之比也

艮六二以剛處上以柔處下尊卑之勢順也艮之大體既備此象矣而六二又承剛履柔居中得正宜其處諸卦而無過也雖然柔止之才動拘禮制若當大有為之時則有不可必者固在蹇未能濟

處艮莫能止寃其用心忠義正直終不可以事之成否爲累也

離六二初與三剛而得正皆有爲之才也然其明照各滯一偏唯六二中正見義理之當然而其才幹有不逮其明者甚矣智之難齊也得有應於上則明有所附矣然非剛之善用明實明之能自用也大抵以剛用明不若以明用剛之爲順故八卦應五附三其勢略等而離之六五有應於下者爲最美也

二卦爻六位唯三爲難處蓋上下之交内外之際非平易安和之所也故在乾則失於剛暴在坤則傷於柔邪震動而無恒巽躁而或屈離與艮明止係於一偏坎與兌險說至於過極皆凶之道也然乾之健雖不中也猶可勝任坤之順雖不正也猶能下人二者之凶比他爻爲少緩若夫坎之與兌以陰處陽以柔乘剛不中不正悖忤時義其爲凶也切矣是知乾坤爲輕坎兌爲重總而論之亦曰多凶而已矣

乾九三過剛而不中雖與義適然以其有才也故
諄諄焉戒命之曰夕惕曰敬慎曰艱貞庶乎有可
免者不然則用所偏而違乎義矣凶其可逃乎
四四之位近君多懼之地也以柔居之則有順從之
美以剛居之則有僭逼之嫌然又須問居五者陰
邪陽邪以陰承陽則得於君而勢順以陽承陰則
得於君而勢逆勢順則無不可也勢逆則尤忌上
行上行則凶咎必至離之諸四皆是也震則四爲
成卦之主才幹之臣也是動而知戒是以有補過

之道以陽乘陽以陰乘陰皆不得於君也然陽以不正而有才陰以得正而無才故其勢不同有才而不正則貴於寡欲故乾之諸四側得免咎而隨之四夬之四有凶悔之辭焉無才而得正則貴乎有應故艮之諸四皆以有應爲優無應爲劣獨坤之諸四能以柔順處之雖無應援亦皆免咎此又隨時之義也

乾九四九而居四勢本不順然以其健而有才焉故不難於趨義又上卦之初未至過極故多爲以

剛用柔之義以剛而用柔是有才而能戒懼也有才而能戒懼雖不正猶吉也

兌九四處下而說則有樂天之美處上而說則有慕爵之嫌初九雖無應猶可也九四雖有應尚多戒辭也然以剛說之才易得勝任故有應者無不吉而無應者亦有免之之道云

離九四陽處近君而能保其吉者以其有才而敬慎故也火性上炎動成躁急非惟不順君之所用且反爲君之所忌也恣橫專愊鮮有不及唯噬嗑

之去間睽離之相保與羈旅而親寡之時取君義爲甚輕故其所失亦比他爻爲甚緩究而言之固非本善之才也

震九四離之成卦在乎中故以中爲美震之成卦在乎下故以下爲貴若是則震之九四乃才幹之臣也君之動由之師之動亦由之其功且大矣其位已逼矣然而卒保其無禍者何哉蓋震而近臣君有戒慎恐懼之義以陽處陰有體剛用柔之義持其術以往其多功而寡過也宜乎雖然功大位

逼而不正不可以久居其所也久居其所則勲德反下此恒之所以戒於田無禽歟

巽六四陰柔之質自多懼也順入之才能承君也以是而處每堪其任故八卦皆無凶悔之辭坎六四其以陰柔得位而上承中正之君畧與巽同然又有險之性焉此以處多懼之地則宜矣故八卦亦無凶悔之辭一作陰承陽其勢已順而其才質且能周還曲折不違於正道是宜處多懼而無咎也

艮六四以柔止之才承柔止之君雖已身得正而

於君事則有不能自濟者必藉剛陽之才而後可以成功故離九應之則終得婚媾震九應之則顛頤獲吉至於止乾之健納兌之說皆可成功而有喜不爾處剝見凶處蒙蠱見吝矣艮以能止爲義能止其身則無咎可也

坤六四坤之六四不問有應與否皆無凶咎蓋爲臣之道大體主順不順則無以事君也

五五上卦之中乃人君之位也諸爻之德莫精於此故在乾則剛健而斷在坤則重厚而順未或有先

之者至於坎險之孚誠離麗之文明巽順於理艮篤於實能首出乎庶物不問何時克濟大事傳謂五多功者此也獨震忌强輔兊比小人於君道未善觀其戒之之辭則可知

乾九五剛徤中正得處君位不問何時皆無悔咎惟履之剛決同人之私暱不合君道故有厲有號咷也

兊九五下履不正之强輔上比柔邪之小人非君之善道也然以其中正也故下有忌而可勝上有

說而可決大哉中正之爲德乎

離六五强輔强師而六以文明柔中之才而麗之悔可忘也事可濟也然更得九二應之爲貴故大有睽鼎未濟皆吉而它卦止以得中爲免耳

震六五九四陽剛不正之臣爲動之主而六五以柔中乘之其勢可嫌也得九二剛中應之其勢頗振動故恒大壯解歸妹比他卦爲優而豐之二五以明動相資故其辭亦異焉勝於豫震小過之無應也

巽九五以巽順處中正又君臣相得而剛柔相濟相得則無內難相濟則有成功不待於應自可無咎應則尤爲美也以巽順之道處中正之位君與臣相得也剛與柔相濟也相得則無內起之難相濟則有成功之理不待於應而自能無咎也

坎九五以剛陽之才處極尊之位中而且正可以有爲也然適在險中未能遽出故諸卦皆有須待之義夫能爲者才也得爲者位也可爲者時也有才位而無其時唯待爲可待而至於可則無咎矣

艮六五君輔皆柔且無相得之義本不可有爲也以六有靜止得中之才上依而下任也故僅能成功然非可大有爲也更或無應是不得於臣又不得於民於君道何取焉

坤六五坤六居五雖不當位然柔順重厚合於時中有君人之度焉得九二剛中應之則事乃可濟故師泰臨升或吉或無咎而它卦則戒之之辭爲尤重蓋陰柔之才不克大事且鮮能永貞故也

上

上上事之終時之極也其才之剛則柔內之應否雖

或取與義然終莫及上與終之重也是故難之將出者則指其可由之方否解困渙未濟事之既成者則示以可保之道蠱無妄頤家人革漸時甚足貴也隨離臨艮時過適則難與行也乾坤小畜泰節中孚大畜大過恒益睽兌小過既濟義之善或不必勸則直云其吉也大有剝大畜遯睽鼎勢之惡或不可解則但言其凶也屯訟比噬嗑復坎明夷夬歸妹豐旅睽小過既濟有始不得志而終無咎者同人姤有始饜其欲而終有禍敗者萃旅則其偏而用者才尚可也蒙晉叔反其常而動者事已窮也師謙賁損質雖不美而冀其或改焉則猶

告之豫大壯益震節位雖處極而見其可行焉則亦諭之

需蹇艮有成終之義故八卦皆善蒙蠱賁剝大畜頤損艮履係

於所履觀係於所生吉凶不敢主言也大抵積微

而盛過盛而衰有不可變者有不能不變者六爻

教戒之辭唯此爲最少大傳謂其上易知豈非事

之已成乎

東西周辨

東西周有二一以前後建都之殊而名一以二公封

邑之殊而名昔武王西都鎬京而東定鼎於郟鄏周

公相成王宅洛邑營澗水東瀍水西以朝諸侯謂之
王城又謂之東都實郟鄏於今爲河南又營瀍水東
以　處殷頑民謂之成周又謂之下都於今爲洛陽
自武至幽皆都鎬京幽王娶于申生太子宜臼又嬖
褒姒生伯服欲立之黜宜臼申侯以鄫及犬戎入寇
武王諸侯逐犬戎與申侯共立宜臼是爲平王畏戎
之逼去鎬而遷於東都平以下都王城曰東周幽以
上都鎬京曰西周此以前後建都之殊而名也自平
東遷傳世十二而景王之庶長子朝與王猛爭國猛

東居于皇晉師納之入子王城入之次日猛終丐及踰半期而子朝又入王辟之東居于狄泉子朝據王城曰西王敬王在狄泉曰東王越四年子朝奔楚敬王雖得返國然以子朝餘黨多在王城乃徙都成周而王城之都廢至考王封其弟揭於王城以續周公之官職是爲周桓公自此以後東有王西有公而東西周之名未立也桓公生威公威公生惠公惠公之少子班又別封於鞏以奉王是爲東周惠公（父子同謚）以鞏與成周皆在王城之東故班之兄則仍襲父爵居

于王城是爲西周武公以王城在成周之西故自此以後西有公東亦有公二公各有所食而周尚爲一也顯王二年趙韓分周地爲二二周公治之王寄焉而已矣周之分東西自此始九年東周惠公卒子傑嗣慎靚以上皆在東周赧王立始遷于西周即王城舊都也史記云王赧時東西周分治今按顯王二年已分爲二不待此時矣其後西周武公卒子文君嗣王五十九年秦滅西周西周公入秦獻其邑而歸是年赧王崩次年周民東亡秦遷西周公於憚狐聚又六年秦滅東周遷東周公於陽人

聚此以二公封邑之殊而名也前後建都之殊者以鎬京爲西周對洛邑爲東周而言也二公封邑之殊者又於洛邑二城之中以王城爲西周對成周爲東周而言也大槩周三十六王前十有二王都鎬京中十有三五都王城王城對鎬京則鎬京在西而王城在東其東西之相望也遠季十三都成周赧一王都王城王城對成周則成周在東而王城在西其東西之相距也近一王城也昔以東周稱今以西周稱夫周末東西之分因武惠二公各居一都而名王則或

東或西東西之名繫乎公不繫乎王也邵子經世書紀赧王爲西周君與東周惠公並而西周公無聞焉則直以西爲王東爲公矣知東之有公而不知西之亦有公也知王之在西而不知赧以前之王固在東也戰國策編題首東周次西周豈無意哉二周分治以來顯王愼靚王二代五十餘年王於東赧一代五十餘年王於西先東後西順其序也近有縉雲鮑彪註謂西周正統不應後於東周升之爲首卷於西著王世次於東著公世次蓋因邵子而誤者旣不知有

西周公且承宋忠之謬以西周武公爲赧王別謚反以徐廣爲疏是未嘗考於司馬貞索隱之說鮑又云赧徙都西周西周鎬京也嗚呼鎬京去王城成周八百餘里自平王東遷之後不能有而以命秦仲曰能逐犬戎卽有其地鎬之於秦巳四百年於茲其地在長安上林昆明之北虎狠所穴而王得徃都於彼哉高誘註曰西周王城今河南東周成周故洛陽辭旨明甚鮑注出高誘後何乃以西周爲鎬京也乎鮑又云郟鄏屬河南爲東周殊不思此昔時所謂東周也

於斯時則名西周矣斯時之西周與鎬京郟鄏對稱西東者不同顧乃一之何歟蓋有不知而作者我無是也夫鮑氏之於國策其用心甚勤而開卷之端不免謬誤如此讀者亦或未之察也與夾谷士常程鉅夫偶論及此二公命筆之遂爲之作東西周辯

攺月數議

或謂三代攺正朔無異議月數之攺諸儒議論不一學者病焉亦嘗考之乎曰夏商之制世遠無文不可深究周制尚可得而言之謂不攺可乎曰可何以徵

之四月維夏六月但暑周詩甚明謂之改可乎曰可何以徵之孟子書七八月之間旱春秋正月日南至二月無冰之類是也然則無定論乎曰有間者伏讀春秋至春正正月竊有疑焉夫正月固王之正月如後世史書正月即時王之正月也何假稱王竊意必其別有所謂正月者故稱王以別之及讀僖五年晉獻公伐虢以克敵之期問於卜偃荅以九月十月之交考之童謡星象之驗皆是夏正十月而其傳迺書在十二月其改月明矣又襄公三十年絳老人自實

其年稱臣生之歲正月甲子朔于今四百四十五甲子矣其季三之一所稱正月亦是夏正寅月孔疏甚明文多不載考之老人所歷正七十三年二萬六千六百六十六日當盡丑月癸未其傳廼書在二月其改月又明矣然卜偃老人倂是周人一則對君一則對執政大夫其歲月又二事中之切用非若他事泛言月日何故舍時王之正月月數而言夏正哉聽之者亦何故都不致詰卽知爲寅月起數哉因是以知周之正朔月數皆改必其朝覲聘問頒朔授時凡筆

之於史冊者卽用時王正月月數其民俗之歲時相語之話言則皆以寅月起數如後世者自若也而春秋書王正月以别民俗爲無疑周人之詩孟子之書亦各有所取也不然諸儒之論各執所見王改者遇不改之文則沒而不書王不改者遇改月之議則諱而不錄終不能曉然相通以袪學者之惑曰周以子月爲正爲一月信矣以爲春乎曰然寒暑反易可乎曰未也先王之制易姓受命必改正朔易衣色殊徽號新民之耳目以權一時之宜非謂冬必爲春子之

一月便可祈穀上帝矣便可犧牲不用牝矣曰有未安乎曰固也不然夫子不曰行夏之時矣周公作禮正月之後不復曰正歲矣凌人正歲十有二月令斬冰最可考既以寅月爲正歲則子月爲權宜得矣說正歲者不謂夏得四時之正殷周不得矣必有復以子丑之月爲正者矣唐武氏雖嘗以子月爲正却未嘗改時月肅宗以子月爲歲首斗建紀月但行一年耳曰子謂必其筆之史冊者則用時王正月月數伊訓之元祀十有二月蔡氏以爲殷正月者果何月乎曰建子月也殷正固在丑月然則嗣王祗見及太甲篇之嗣王奉歸擧不在正

月乎曰後世嗣王服考之嗣命固有常儀何待正月
而放桐之事又人臣大變周公之聖猶被流言阿衡
之心爲何如哉朝而自怨夕當復辟尤不須於正月
也況正月但書十二以虞書上日正月朔旦及秦漢
而下例之殷不其獨無正乎曰秦以玄正猶稱十月
不亦同乎曰秦正之謬安足取法蓋秦於寅月書正
歲首十月其制又異不若殷之全無正也曰或者謂
用夏正故卜偃老人之言如此則又何說也曰是又
不然老人之言在晉文伯後容或有之卜偃老人之

言廼獻公之世是時篡國日淺二軍始備天王賜一軍自立一軍晉文未興齊桓尚在雖嘗滅耿滅霍小小得志乃朝周納貢之不暇獻公滅虞歸其職貢其七亦何敢毀冠裂冕更姓改物而用夏正哉然則愚之所見爲有据而春王正月之一辭今古諸儒不敢輕議者固著明矣

傳古樓景印